若武者 徳川家康

嶋津義忠

PHP文庫

○本表紙図柄＝ロゼッタ・ストーン（大英博物館蔵）
○本表紙デザイン＋紋章＝上田晃郷

目次

〈徳川家康系図〉

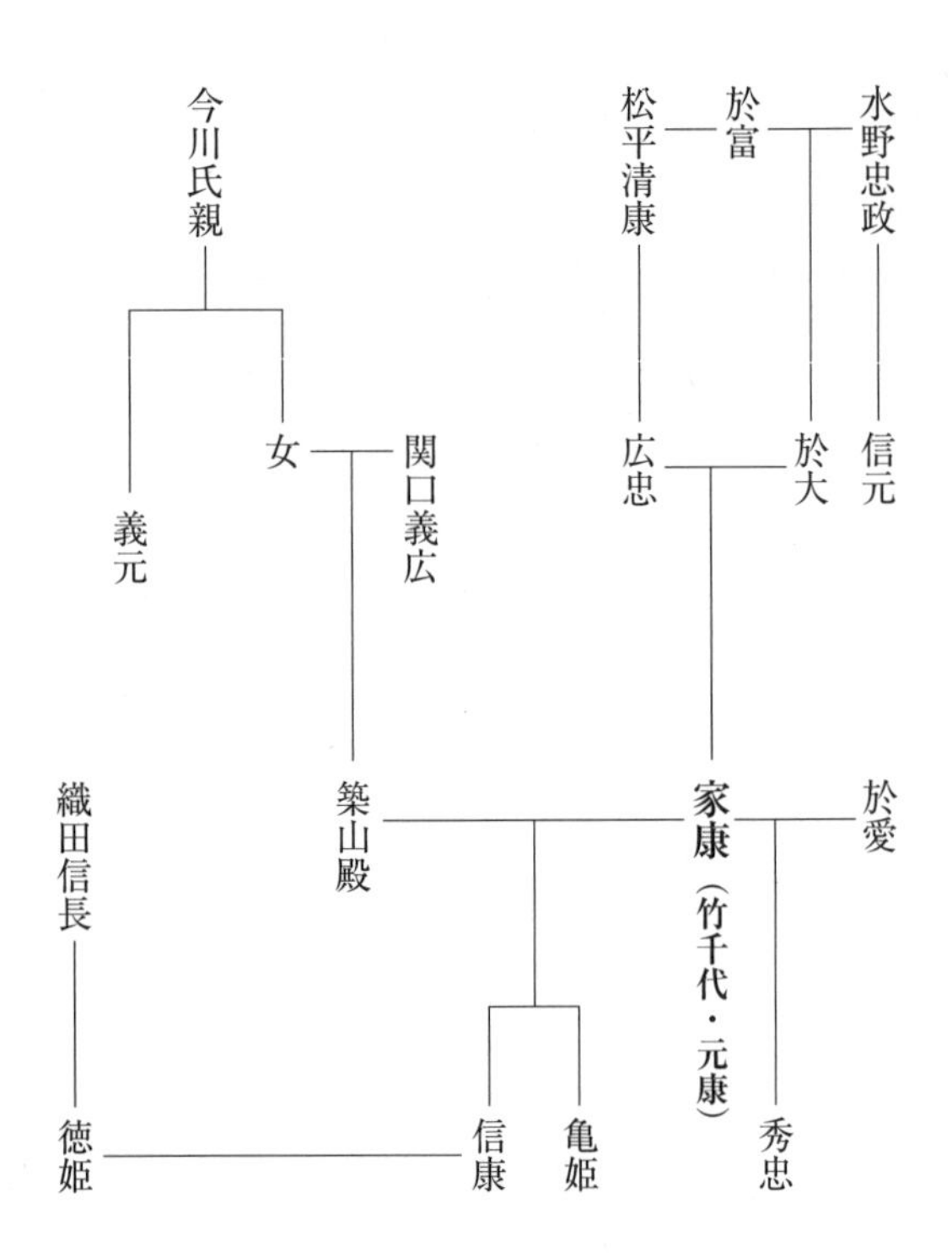
水野忠政
於富
松平清康
今川氏親
信元
於大
広忠
女
関口義広
義元
於愛
家康
（竹千代・元康）
築山殿
織田信長
秀忠
亀姫
信康
徳姫

〈家康の主な家臣〉

茶屋四郎次郎清延　徳川家のお抱えの豪商。
大久保忠世　忠員の長男。若年より広忠にも仕えた家康の重臣。
本多作左衛門　家康の重臣、通称、鬼作左。
服部半蔵正成　半三の息子。家康に仕える忍び。伊賀者の統領。
本多正信　譜代家臣出身の家康の側近。家康より四歳年長。
酒井忠次　家康より十五歳年長で古くからの重臣。徳川四天王の一人。
石川数正　家康より十一歳年長で幼い頃から側近として仕える。
植村新六郎氏明　清康と広忠の仇をその場で討ち取った武将。
酒井正親　清康の代から仕える武功派の重臣。
本多忠勝　譜代家臣出身の武将。槍の名手。徳川四天王の一人。
榊原康政　旗本軍の有力武将。家康より六歳年少。徳川四天王の一人。

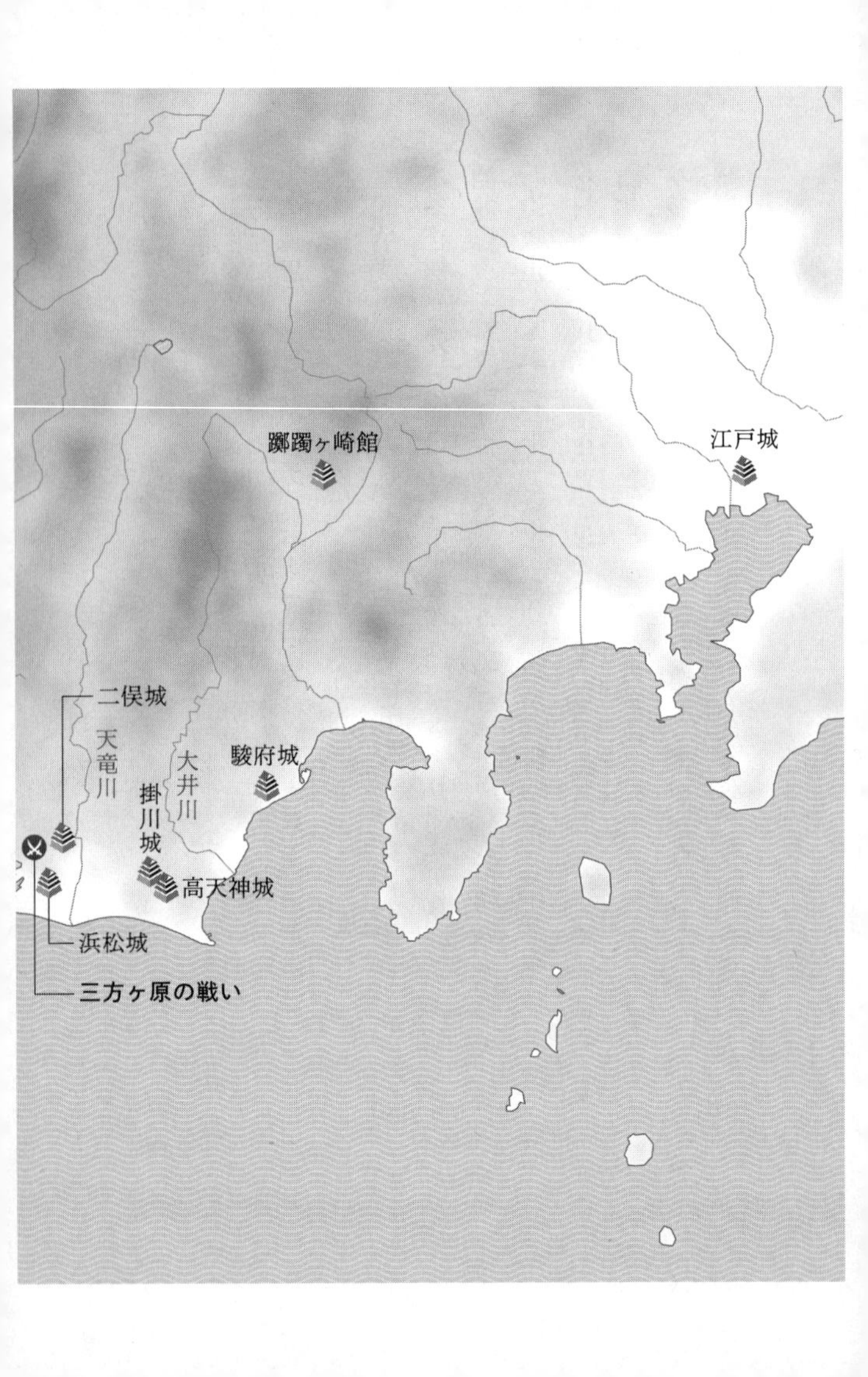
躑躅ヶ崎館
江戸城
二俣城
天竜川
大井川
駿府城
掛川城
高天神城
浜松城
三方ヶ原の戦い

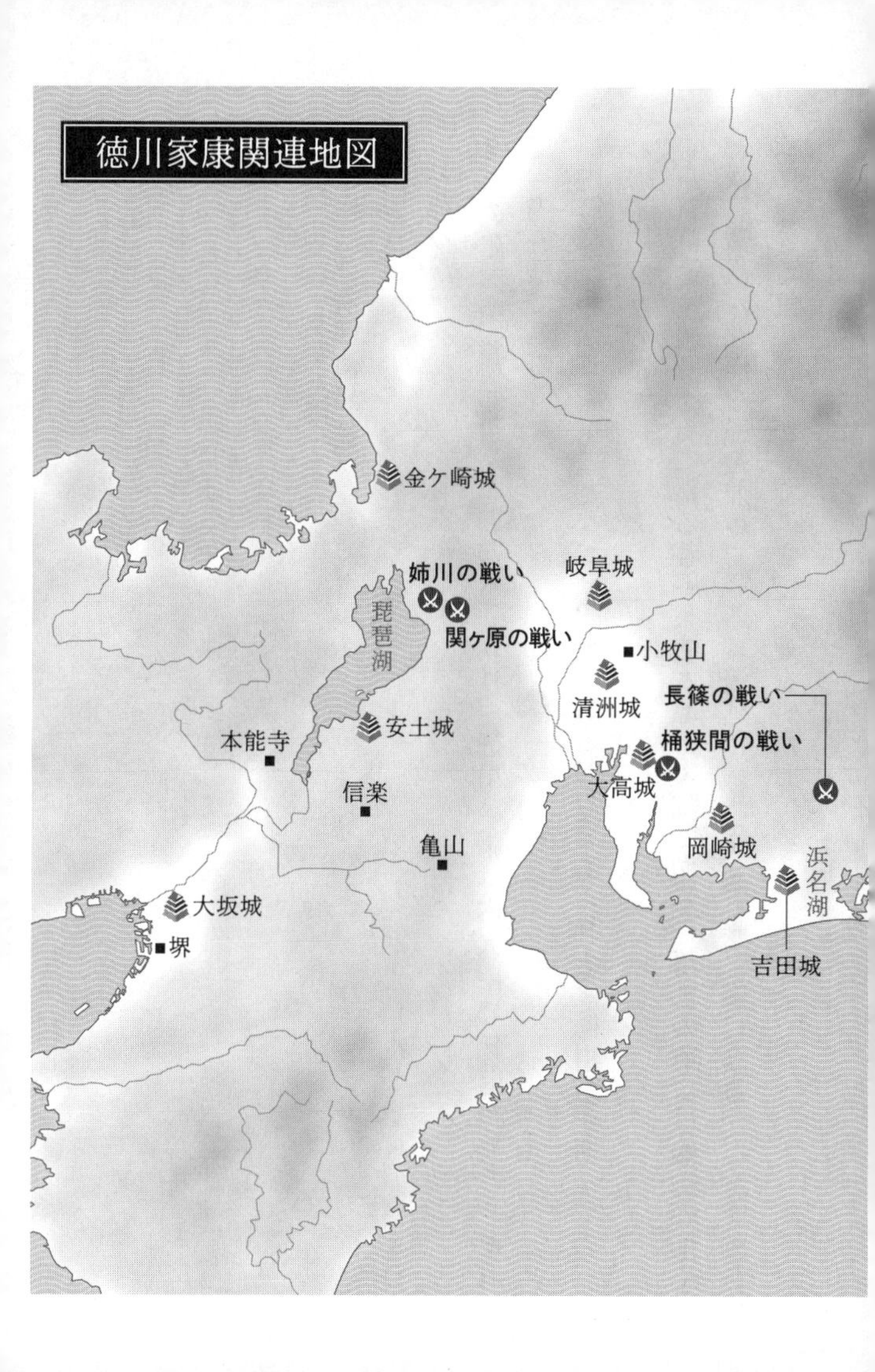
徳川家康関連地図
金ケ崎城
姉川の戦い
岐阜城
琵琶湖
関ヶ原の戦い
小牧山
清洲城
長篠の戦い
本能寺
安土城
桶狭間の戦い
大高城
信楽
亀山
岡崎城
浜名湖
大坂城
堺
吉田城

序

茶屋四郎次郎清延は、

「内府様は――」

と言った。

この年、慶長元年（一五九六）五月、徳川家康は内大臣に任じられた。それで、内府様である。

「内府様はわが茶屋家にとっては、大恩あるお方であられる。徳川家があっての、わが茶屋家なのだ」

京新町通蛸薬師下るにある茶屋家の本邸の書院である。清延の前には嫡男の清忠と次男清次が悲痛な顔を並べている。清延は、当年、五十二歳になるが、身を蝕む病に勝てる気がしなかった。すでに死を覚悟している。

茶屋家は呉服商から始めて、商いを大きくして来た京有数の商人（あきんど）である。家康が三河に自立した頃から、清延は家康の側近くに仕えて、呉服御用を一手に引き受けることになった。

呉服の商いだけではない。やがて、家康が必要とする物品はすべて茶屋家が納入するようになった。家具調度の類（たぐい）から、果ては武器弾薬にまで至る。家康の側近としても重用された。

「その方らは、これからも内府様に忠勤を励んで、可愛がっていただかねばならぬ。それが茶屋家の家訓であり、この清延の遺言でもある」

すると、いきなり、清次が啜（すす）り上げた。まだ十三歳である。それを無視して、

「そこで、わしが知っておる内府様のことをその方らに話しておかねばならぬ、と思うたのよ」

息子二人に声はない。

「信長公がお亡くなりになられた後、天下は太閤（たいこう）殿下が治められるようになった。内府様がその殿下とどう関わって来られたか。それをしかと肚（はら）に入れておかねばならぬゆえ、こうしてその方らに話しておる」

「お疲れになりませぬか」

と清忠が気遣い、

「大事ない。そのようなことなど気にせずに、わしの話に耳を傾けよ」

「はい」

と清忠も清次も素直に頷く。

「清次には理解し難いこともあろうが、よく頭に入れておくのだ」

清延は、一口、煎茶で喉を潤して、話を続けた。


織田信長が明智光秀に討たれたとき、家康は堺にいた。清延も一行に同行していた。なんとか三河に帰り着いた家康は、信長の弔い合戦のため、尾張の鳴海に出陣した。その頃の家康の領国は三河、遠江、駿河の三国だった。家康は集められるだけの兵を集めた。天正十年（一五八二）年六月十四日のことである。ところが、その日、急使が来て、光秀は討伐したゆえ帰陣されよ、という羽柴秀吉の言葉を伝えた。当時、秀吉は毛利攻めのため備中にいた。それを急遽引き返して光秀を討った、という。その早業に家康は驚嘆させられた。

「これからは秀吉か」

と家康は苦笑する。

家康の決断は早く、かつ、行動は迅速だった。直ちに浜松に引き上げ、七月三日甲信攻略に出陣する。甲斐は信長に平定され、河尻秀隆に与えられていた。その河尻が、本能寺の変の報が伝わると、土豪や武田の旧臣の一揆に遭って殺害された。その跡を北条が狙っていた。

信長と違って、家康は帰属を願う武田の旧臣を積極的に召し抱えた。旧領を安堵し、戦闘組織をそのまま採用して、大久保忠世や井伊直政らの与力とする。これが徳川の大きな戦力として働いた。甲斐の治政においても、武田の統治の方法をそのまま利用し、それが甲斐鎮撫に大きな働きをした。さらに、信長に焼かれた武田の菩提寺である恵林寺を修復し、信玄の跡を継いだ勝頼の終焉の地に、景徳院を建立して、信玄、勝頼の菩提を弔った。こうして家康は武田の旧臣の心を摑むことに成功したのだった。

しかし、信州攻略は思うに任せない。群小の領主が乱立し、北条氏や上杉氏の勢力も強い。辛うじて南信を抑えることが出来たに過ぎない。

こうして、徳川の領国は三河、遠江、駿河、甲斐、南部信濃の五か国となった。

清延は、一呼吸置いて、再び話し始める。

「内府様は不思議なお方でのう」

「戦国の武将としては異色のお人、とわしは思う。戦国に生きる武将は、大小に拘わらず、誰もが天下を目指すものよ。遠くに天下という壮大な夢を描いて、これに邁進する、それが戦国武将の生きる道と言える。ところが、内府様は天下など見向きもなさらなかった。ただただ、しっかりと足下を見ておられるお方なのだ」

しかし、秀吉には、そうは考えられない。天下を完璧に掌握するには、家康を目の前で跪かせねばならない。ところが、自立独立が身上の家康にはそれは受け入れ難い。その結果が小牧長久手の戦いとなった。

信長の次男織田信雄は、着実に天下を掌握しつつある秀吉に不満だった。そこで、家康に頼った。しかし、家康には秀吉と覇を争う思いなど、一欠片もない。家康にとっての大事は、秀吉の天下で己が立つべき不動の立場を確立することだった。そのためにも、一度は秀吉と対決しておく必要がある。家康は信雄の救援の要請を受けた。

小牧長久手の戦いは、信雄が秀吉に通じている家老三名を斬ったことに端（たん）を発した。秀吉は直ちに出陣を命じた。天正十二年（一五八四）三月八日である。家康も軍を動かして、十五日、小牧山に本陣を置く。二十七日、秀吉は七万の軍勢を率いて尾張に入った。徳川軍は信雄の三千を含めて二万に過ぎない。

小牧長久手の戦いは、局地戦では家康が勝ったが、戦略的には秀吉の勝利と言える。長久手の戦いのあと、戦線が膠着（こうちゃく）している間に、秀吉は次なる有効な手を打った。信雄との和睦である。信雄は、ころり、と秀吉の掌（てのひら）の上で転がされた。それが十一月のことで、家康は出陣の名分（めいぶん）を失った。早々に浜松へ軍を退いた。

「翌天正十三年、殿下は関白になられた。殿下は内府様にしきりに上洛を促しなされるが、内府様は一向に折れて来られない。そこで、業（ごう）を煮やした殿下は次なる手を打たれた」

と清延は続ける。

秀吉は異父妹の旭姫（あさひひめ）を、家康の正妻として強引に嫁がせたのだった。さらに、実母の大政所を人質として送ってもよい、とまで秀吉は言い切った。これでは、この婚姻を受け入れざるを得ない。もともと、家康には正面から秀吉と衝突するつもりなどないのだ。こうして、天正十四年（一五八六）五月十四日、浜松城で婚礼の儀が執り行われた。家康、四十五歳、旭姫、四十四歳だった。

しかし、旭姫には佐治日向守という夫があった。それを秀吉に無理矢理離別させられて、佐治日向守は割腹して果てた。秀吉への無言の抗議と旭姫への深い思いゆえの割腹だった。

婚礼の夜、家康は二の丸居館の旭姫の寝所に足を運んだ。旭姫は設えられた臥所の脇に、きちんと膝を揃えて座っていた。夜着に着替えてもいない。家康も平服のままである。

灯檠の明りが暗い。家康自ら炎を大きくした。旭姫は家康のなすことをじっと見ている。家康は振り返り、

「ご案じなさるな」

と笑い掛けた。

旭姫は身じろぎもしない。

「家臣どもの手前、ここへ通って来ざるを得なかったのだ。おれはなにもせぬ」

家康は臥所を挟んだ反対側に胡座（あぐら）を組み、

「しばし、話でもいたそうか」

と言った。

旭姫は鋭い目で家康を見返している。小さい目だが、澄み切った深い湖を思わせるものがある。

「佐治殿のことは聞き及んでおる。なんと言えばよいのか――」

その家康の言葉に、

「日向守殿はよき夫でございました」

と旭姫は切り返すように言った。

「おれがいけなかったのだ。許されよ」

「あなた様に謝っていただくことはありませぬ。なれど、私は日向守殿が慕（した）わしく思われてなりませぬ。それをお怒りなら、私を斬って下され」

私に手を触れれば、私は死にます、と旭姫は言っているのだった。

「強く生きることだ。この浜松に遊びに来たと思うて、好きになされるがよろしかろう。が、死ぬことは許さぬ」

と家康は言った。

家康は何人もの側室を抱えていたが、女への特別な思いに煩悶したことなど一度もない。

「おれはそういう男なのだ。が、考えてみれば、それはそれで寂しいことだな」

と家康は清延に述懐したことがある。

ちなみに旭姫が亡くなったのはこの四年後だった。

相変わらず、家康は上洛しようとしない。そこで、秀吉は実母の大政所を人質として浜松に送ることを条件にして、家康の上洛を求めて来た。そろそろ潮時である。十月十四日、家康は浜松を、大政所は大坂を発する。二十六日、家康は大坂に着き、その日の内に秀吉と対面した。

大坂から帰った家康は、十二月四日、浜松城から修築した駿府城に居を移す。同月、秀吉は太政大臣に任じられ、豊臣の姓を賜る。八か月後、家康自身は従二位権大納言に叙せられた。

「いま一つ、大事なことを話しておかねばならぬ」

一息ついて、清延は言った。

「殿下との関わりの中で、内府様がこれまでの御生涯で、一大飛躍をなされた出来事じゃ」

清延は、フフフ、と含み笑いを洩らす。

「内府様は不思議なお方でのう。如何なる難事に見舞われようが、それをご自身の益となされてしまわれる。関東移封よ」

秀吉が北条を降したのは、天正十八年（一五九〇）の七月五日である。北条早雲以来五代、九十五年にわたる関東の覇者のあっけない滅亡であった。

十三日、小田原に入った秀吉は論功行賞を行い、家康に北条の旧領の内、武蔵、伊豆、相模、上総、下総、上野の六か国を与えると発表した。その代わり、当時の家康の所領、三、遠、駿、甲、南信の五か国は返上することになる、という。

このことは事前に秀吉から耳打ちされていた。家康は逡巡することなくこれを了承して、感謝の言葉を述べた。秀吉の命に逆らうことは難しい。が、それ以上に、家康はこの領国替えを飛躍の好機となる、と直感したのだった。

清延は、この小田原攻めのとき、家康の側近の中に身を置いていた。その清延に家康はこんなことを言った。

故郷とは不思議なものである。人は幾つになっても故郷に愛着を抱く。故郷に安住することが叶えば、心も体も落ち着くものだ。その反面、故郷に囚(とら)われている限り、旧弊の壁を打ち破ることは出来ない。なにをするにも飛躍がない。なにか新しいことを起こすには、人は故郷を捨てねばならぬ。三河を去ってこそ、思いにも考えにも新しい風が吹き込むのではないか。

しかし、譜代の重臣たちは誰一人これを喜ばなかった。本多作左衛門(さくざえもん)などはこんなことを言った。

「殿下はわれらに喧嘩を売ってござるのか。売られた喧嘩なら、買いましょうぞ」

新領地には、旧北条の家臣による一揆の恐れがある。殿下の狙いはその辺にあるのではないか、と危惧する者もいた。

新しい領国の支配は、古来、難しいものと決まっている。北条の広大な領地を治められるのは、家康をおいて他にはない。秀吉は家康を頼りにしているのではないか、と秀吉を好意的に見る者もいた。

秀吉の真意はともかく、関東六か国を合わせれば、その知行はおよそ二百四十万石になる。これまでより百万石以上も増える勘定だった。

「百万石余分にあれば、相当のことが出来るではないか」

と家康は笑った。

しかし、拠って立つべき旧江戸城は荒れ放題に荒れていた。家康は清延の耳に口を寄せて、

「それにしても、これは酷いのう」

と囁いた。

近侍する者たちも、ある者は呆れ、ある者は笑い、ある者は不安気に辺りを見回している。大袈裟に落胆の溜息を吐く者もいた。

足を踏み入れたのは旧江戸城の本丸で、一行は居館の玄関先で足を止めた。旧江戸城は百三十年前、太田道灌の手によって修築された。北条時代には城代がいた時期もあったが、いまでは朽ちるがままに捨て置かれている。

「入ってみよう」

と家康は先に立った。

玄関の階段は幅の広い舟板を並べただけだった。館も枌板葺きの粗末なもので、板敷きの部屋すらない。板で仕切られた部屋はすべて土間になっていた。

家康は本丸の他に、二の丸、三の丸も見て回った。建物は残っているが、いずれも古くなり、朽ち掛けていた。

秀吉から領国替えを耳打ちされたときから、家康は服部半蔵正成に江戸の調査を命じておいた。半蔵の報告によると、江戸の町は縦十二町（一・三キロ）横四町程度だという。率いて来た数万の兵が城内と町に充満していた。それに水である。江戸の水は海水混じりで悪い、という。そこで、直ちに大久保主水に上水道の工事を命じておいた。

腹心の本多正信が言った。

「本丸の玄関だけでも、なんとか体裁を整えねばなりますまい。諸大名の使者がお祝いに続々と駆けつけて来ましょう。あれでは、あまりにも見苦しゅうござる」

家康は面白そうに笑った。

「必要ない。この際、無駄な費えは避けねばならぬ」

二人は本丸と二の丸を区切る空堀に差し掛かる。空堀には雑草が生い繁り、蟋蟀の鳴声が姦しい。

「この堀は、埋めたければ埋めてもよいぞ」

と家康は正信に言った。

「有難き幸せ。これで、さぞや、このお城も立派に見えることでございましょう」

と正信は声を上げて笑った。


清延は厠から戻って来ると、再び、二人の息子の前に座った。かなり疲れていたが、まだ話しておかなければならないことがある。

「内府様が関東に移られて、まだ数年にしかならぬが、江戸は大坂に匹敵する城下町に生まれ変わった。内府様の深いお智恵の賜であろうのう」

と清延は語り出した。

家康は新領地である関東の知行割と町割を素早く決定した。そして、道三堀を始め江戸の普請は、すべて徳川家臣団の軍役で行った。

町割が定まると、移住者を集めた。これには清延も尽力したものだった。商人の誘致にも力を注ぎ、各種手工業の職人も多く招いた。盗賊の取締りにも力を注ぐ。

「江戸がどれほど活気に満ちた都となったか、その方らにも分かっておろう。くどくど話すことはないわ」

秀吉が朝鮮出兵の令を下したのは、関東移封二年後の文禄元年（一五九二）の正月だった。いまから四年前になる。家康は急ぎ京に上り、次いで肥前名護屋に赴いた。名護屋は朝鮮出兵の前線基地である。この文禄の役では十五万八千余の大軍が編成され、四十八万人分の兵糧が準備された。

四月十二日、日本を出陣した朝鮮遠征軍は、上陸後、連戦連勝の破竹の勢いで、たちまち、京城に迫った。しかし、朝鮮民衆の抵抗や明軍の救援によって、戦いは次第に日本軍の不利になって来た。

そんなことから、文禄二年になると、講和の気運が高まった。秀吉もその気になって、明に和平の条件を示し、八月には遠征軍の内地帰還を命ずる。

幸い、家康は渡海せずに済み、十月二十六日、一年八か月振りに江戸に帰ることが出来た。

「この文禄の役が豊臣政権の命取りになる。口にはなさらなかったが、内府様の明敏な目はそう見られたのではないか、とわしは思うておる」

そこで、清延は言葉を切って、少時、己の思いの中に沈んでしまった。

もしそうなら、豊臣滅亡後、天下は誰の手に委ねられるのか。家康の思いがそこへ行かなかったはずがない、と考えられる。とすれば、家康が生涯で初めて天下というものを意識し出したのは、文禄の役の頃ということになる。

しかし、家康はそのことを気振(けぶ)りにも見せない。側近に伺候している清延にも悟らせなかった。

いや、違う、と清延は己に言った。それではどうにも家康らしくない。少なくとも、清延が知る家康は、眼前になにかを思い描いて、我武者羅(がむしゃら)にそれに突き進む人物ではない。それが家康の強靭な強みになっているのだ。

しかし、内府様もお変わりになられた、ということではないのか。おれ程度の人間が、どれほど内府様を存じ上げている、と言えるのか。

「ああ、分からぬ」

と清延は思わず呟いた。

清忠、清次の二人の息子は、きょとん、と清延を見返している。

「まあ、そういうことだ。果たしてどうなるのかのう。あの出兵から四年になる。

またぞろ、出兵の話が出始めているようではないか」

だが、わしはそれを見届けることは出来ぬ、と清延は思った。

「この世がどう転ぼうと、その方らは徳川に仕えて、忠勤を励まねばならぬぞ。それがこの茶屋家が生き残り、そして栄える唯一の道でもあるのだ。分かったな」

と清延は声を強めた。

「心得ております」

清忠が答え、清次は、こくり、と頷く。

「そうか。それでよい。疲れたぞ。少し休ませてもらおう」

清延はやっとの思いで腰を上げた。そして、左右から息子に支えられて、居室に戻った。

茶屋初代の四郎次郎清延が生涯を終えたのは、その年の閏七月二十七日である。

その訃報を家康は伏見城で聞いた。

一章　旅立ち

一

松平竹千代（たけちよ）は駿府、安倍（あべ）川の河原にいる。九歳になる。

「ああ、転びまするぞ」

と忠次（ただつぐ）が背後から声を掛ける。

「急がねば、間に合わぬぞ」

竹千代は振り返りもせずに足を急がせる。

河原では、童（わらべ）たちが二手に分かれて石合戦を始めようとしていた。左手の一団の方が、遥かに人数が多い。ほぼ五十名を数える。右手の方はその三分の二ほどか。

竹千代は少数の一団に向かって駆けていた。

「うおっ！」

突如、河原に喚声が上がって、石合戦が始まった。

「よし、行け。臆するな！」

と竹千代は声援を送った。

酒井忠次は松平家譜代の臣である。昨年の天文十八年（一五四九）、竹千代は人質として駿河の今川家に送られて来た。忠次はその竹千代に随伴して、自身も駿府に身を置いている。竹千代の十五歳年長になる。

穏やかな春の昼下りだった。その暖気を切り裂いて、大小無数の石が、ビュン、ヒュッ、と飛び交う。石と石がぶつかって、ガツン、と割れる音も聞こえる。

「ほう」

と忠次が感嘆の声を出した。

伯仲していた合戦の行方が、少数組の方が次第に押して行くように見える。

「手を緩めるな。いまが大事のときぞ」

と竹千代は声を高めた。

やがて、多数組の一団から一人、二人と逃げ出して行く者が出始めた。これに勢いを得て、少数組が攻撃の手を強めた。そして、ついに、完璧な勝利を得た。

「えい、えい、おう」

彼らは勝利の雄叫(おたけ)びを上げて、河原を去って行った。誰一人、竹千代に目を向ける者はいない。

「さあ、戻りましょう。そろそろ、臨済寺(りんざいじ)に参らねばならぬ頃合いでございましょう」

と忠次が促した。

臨済寺の住持太原雪斎(たいげんせっさい)は、護国禅師(ぜんじ)という称号を朝廷から与えられている碩学(せきがく)である。今川義元(よしもと)が信頼する武将の一人でもあった。その雪斎が竹千代の教育に当たっている。

「われは疲れたぞ」

と竹千代は動かない。

「左様でございまするか」

「疲れた、と言うておる」

「お聞きしました」

「九歳にもなられた若殿を負んぶするなど、これほど無礼なことはございませぬゆえ」

「駄目か」

「無礼は許す」

「――」

「竹千代は忠次の温かくて広い背中が好きなのじゃ」

「いつもの殺し文句でございまするか」

「そうじゃ。頼む、忠次」

竹千代は、背丈は高い方ではない。が、小太りのずんぐりした体軀は、なかなかの重量になる。忠次はいつも通り言い負かされて、竹千代を負んぶして城下へ向かった。これは二人のじゃれ合いのようなものだった。

「われは雪斎殿のお話より、その方や数正と武芸の鍛錬に汗を流すほうが好きじゃ」

石川数正も譜代の臣で、竹千代に供奉して駿府に入った一人である。忠次より若干年下になる。

「武芸の稽古ならいつでもお相手いたします。いまはしっかりと手習いをなさることが大事でござる」

「ふん」

と竹千代は鼻を鳴らす。

「先程の石合戦で、若殿は人数の少ない方が勝つと仰せでした。なにゆえ、そう思われましたのか」

と忠次が機嫌をとるように話し掛ける。

「それは明らかではないか。少数組は武家の子弟、一方はいやいや寄せ集められた烏合（うごう）の衆だからよ。勝敗は始めから決まっておったわ」

「なるほど、左様でしたか。忠次にはとんと分かりませなんだ」

「忠次は迂闊（うかつ）者よ」

「ほんに――」

と忠次は明るい笑声を上げた。

竹千代も面白そうに体を捻らせて笑う。明るく晴れやかな童（わらべ）の笑いだった。

「そのように暴れられましては、落としてしまいますぞ」

忠次は背の竹千代を迫り上げた。少し離れて今川の警護の士が二名、後を付けて来る。竹千代は少将の宮町に屋敷を与えられていた。人質ながら、新築の立派な建物である。常時、五名の今川の警護の士が詰めている。この屋敷に竹千代は十名ばかりの家臣と住んでいた。

臨済寺に供をしたのは数正だった。一刻（二時間）ほどで、雪斎の授業は終る。手習いの間から出て来た竹千代はにこにこして、

「終ったぞ！」

と大きく伸びをする。

「お疲れ様でございました」

竹千代が先に立ち、数正が一歩さがって従い、二人は屋敷へ向かう。二名の今川の警護の士が後方にいる。

「今日は、雪斎殿はなにをお話しなさいました」

と数正が訊く。

雪斎は手習いの他に、様々な史書の内容について話してくれる。それは、結構、竹千代の興味を惹くものだった。

「今日は、源頼朝公について話して下された」

「左様でございますか」

「数正は頼朝公について存じておるか」

「はあ、いささか――」

「頼朝公は偉いお方じゃ。平家を斃して天下を平定し、武士の世を作られたのよ」

「はっ」

二人は松並木に沿った大通りを屋敷に向かっていた。竹千代が、つと、足を止めると、空を仰いだ。そのままの姿勢で、

「われは三河へ戻りたいぞ」

と声を押し出すようにして言った。

数正は胸を衝かれて言葉がない。

「いつになれば、岡崎に帰れるのだ」

「申し訳ありませぬ。が、いずれ、必ず――」

「だから、いつじゃ、と訊いておる」

竹千代は返答に窮する数正を睨み据えた。数正は耐えるしかない。と、竹千代は

視線を逸らして、道端の松の樹の前に歩み寄った。枝振りの見事な老樹である。

「なにをなさいますのか」

と数正が慌てた。

「小便をするのよ」

「このような所では、叱られますぞ」

「構うものか」

竹千代は袴(はかま)の前に手を伸ばす。

「しからば、それがしも連れ小便でござる」

二人は豪快に老樹の根元に向けて小便を飛ばした。

「ああ、よい気持だ」

「まことに」

警護の士は呆れ顔でこちらを見ていた。

「明日は鷹狩りに参ろう」

と竹千代は言った。

鷹は岡崎の旧臣が届けてくれた。

「それは楽しみでございますな」

「では、戻るぞ」

竹千代は先に立って走り出した。体型に似ぬ敏捷な走りだった。

「お帰りなさいませ」

屋敷で竹千代を迎えてくれたのは祖母の於富（おとみ）だった。

「お祖母（ばば）様！」

と竹千代は飛ぶように客間の於富の前に走り寄る。

於富は祖父松平清康（きよやす）の許に嫁いだことがある。竹千代の母於大（おだい）の母親になるが、父親は清康ではない。清康の死後、於富は岡崎を去った。そして、竹千代が駿府に連れて来られたことを知ると、駿府の智源院（後の華陽院（けようにん））で髪を下ろして、源応尼（げんおうに）と称する。竹千代の世話をするためだった。

義元は竹千代を幽閉することなく、屋敷を与えてその成長を見守ることにした。人質にしては、異例の措置だった。もし、竹千代が愚者ならこれを殺し、役立つ人物なら今川の一武将としてこき使う肚（はら）である。それゆえ、於富が竹千代の世話を願い出たときも、これを快く許した。しかし、いまのところ、竹千代が愚か者か、使える人物に育つか、誰にも判断はつかない。傍若無人に振る舞うかと思えば、雪斎の講話をきちんと理解している。親指の爪を噛みながら、ぽつん、と独りっ切りの寂しげな姿を見せることもある。どうにも摑み所のない小童だった。

「学問は進んでおりますか」

とにこやかに於富が問う。

「はい」

「武芸にも励んで、体を鍛えねばなりませぬぞ」

「心得ております」

こうして於富と向かい合っていると、竹千代はなにか暖かいものに包まれているような安らぎを覚える。於富の体が放つ芳香も竹千代を陶然とさせてくれる。それは間違いなく母於大の匂いでもあった。が、竹千代は三歳の年に於大と引き離され、母の顔も姿形も記憶にはない。

「さあ、これを召し上がれ」

と於富が紙に包んだ菓子を差し出す。

「頂戴します」

これも於富と会う楽しみの一つだった。

義元は竹千代に屋敷を新築してくれたが、月々の暮らしの費(つい)えはぎりぎりの額しか渡してくれない。余分の銭貨(せんか)は謀叛を産む、と考えているらしい。そのため、松平一統はかつかつ食うのが精一杯で、菓子どころではなかった。

「半分だけ頂いて、残りは忠次らに回してやりましょう」

於富は、にこり、と頷いて、

「今日は、鶏(にわとり)を二羽持参いたしました。炙(あぶ)って上げますから、皆でたんと召し上がれ」

と言う。

「それは嬉しゅうございます」

「警護の方々も呼んで上げればよいでしょう」

「いいえ、奴らはいいのです。そんなことより、尼様が鶏など捌(さば)いてよろしいのですか」

「ほんに、いけませぬな」

と於富は晴れやかな声で笑った。

「今宵は泊まって下さいますよね」

「ええ、そういたしましょう。竹千代殿の着る物を整えねばなりませぬし」

「それなら、また、いつものように、お祖父様やお父上のことを話して下さい」

清康や父広忠の事績は、幾度、聞いても飽きるということがない。清康の颯爽とした馬上の英姿、蒲柳の質ながら、松平宗家の誇りを失うことなく流浪した広忠の姿は、竹千代の中に息づいている。清康は瞬く間に三河を平定し、広忠は於大を慈しみ、家臣と領民を大切にした。

それは、聞くたびに、竹千代の幼い心を激しく揺さぶった。

二

清康が生まれたのは、永正八年（一五一一）である。十三歳で三河安祥城の松平宗家を引き継ぐ。翌年、山中城の西郷信貞を攻略して岡崎城を得る。そのときから、岡崎城が松平家の居城となった。

清康の躍進には凄まじいものがあって、以後、十年の内に三河一国を支配する大名にのし上がる。三河は東に駿河の今川、西に尾張の織田という大国に挟まれている。その三河を力で統一するのは、並大抵のことではないのだった。

清康は勇猛果敢、武略に天賦の才が備わっていた。慈悲深く、家臣を思いやる気持も強い。それゆえ、譜代の家臣は身も心も清康に捧げて働いた。

清康は背が低く小柄だったが、目に特徴があった。鷹のごとく鋭く、まるでクナラ鳥（仏書に出て来る想像上の鳥）のそれを思わせる。澄み切って深々としている。その深淵から見つめられると、誰もが目を逸らさずにはいられない強さがあった。

「この分だと、天下平定も夢ではないのではないか」

と囁き交わす老臣もいた。

今川義元、織田信秀（のぶひで）にとっても、清康は脅威となった。しかし、天は清康に味方しなかった。あまりに早い統一は、三河の地盤を固める余裕を清康に与えなかった。尾張と姻戚関係にある叔父松平信定（のぶさだ）の存在も不気味だった。信定は清康が若くして松平宗家の当主を継いだことに、大きな不満を抱いていた。戦において、清康の命に服さないこともしばしばあった。

悲劇は清康が二十五歳の天文（てんぶん）四年（一五三五）に起きた。そのとき、清康は織田を攻め、清洲城の東十キロの守山にまで迫っていた。その頃、清康の老臣阿部大蔵が信定に内通している、という噂が陣中に広がった。

大蔵は百姓家の一軒を陣所にしていた。

「無念じゃ」

と息子の弥七郎に言った。

阿部家は先祖代々松平家に仕え、大蔵は清康に重く用いられた。その大恩は計り知れない。謀叛など思いも寄らないことである。しかし、清康からなんのお尋ねもないのに、こちらからなにか言えるものではない。よって、大蔵は誓紙を認め、それを弥七郎に託して、

「よいか。わしは無実のまま斬られるやも知れぬ。そのときは、これを差し出して、わしの無実の証とするのじゃ。それでもお聞き入れがなかったら、お前も潔く腹を切れ」

と言い聞かせた。

その翌日の十二月五日の早朝だった。厩から馬が逃げ出して、陣中が騒ぎ出した。本陣の辺りが妙に騒がしい。弥七郎は父の身を案じて、百姓家を出て本陣へ走

った。本陣は村の末寺にある。

途中、こちらへ走って来る兵と擦れ違う。

「本陣が大変だ」

と兵が言った。

なぜか、兵は弥七郎の顔を見て笑った。弥七郎の体内の血が凍りついた。父が手討になったのだ、と思った。逆上した弥七郎は、寺の境内に走り込むと、本堂に向かった。それを不審に思う者は誰もいない。

騒ぎが大きくなったのは、清康の愛馬〈青波(せいは)〉が、なぜか、神経を荒立てて厩を飛び出したからだった。

本堂に近づいた弥七郎の目に映じたのは、縁に立った清康の後姿だった。弥七郎はするすると近づき、縁に跳び上がる。腰の太刀を抜き放ち、清康の背後から無言で一太刀袈裟(けさ)に斬り下げた。太刀は名刀千子村正(せんごむらまさ)、弥七郎は剣の達者だった。清康は一太刀で右肩から左脇まで斬り下げられ、声もなく縁から転げ落ちた。己の身になにが起きたか、認識することもなく息絶えたに違いない。二十五歳の早い死だった。

「ああっ！」

　と悲痛な叫びを上げたのは、脇に控えていた太刀持ちの植村新六郎氏明（うえむらしんろくろううじあき）だった。一体、なにが起きたか、分からない。が、目の前に、血刀を引っ提げ、目を吊り上げ、肩で息をしている弥七郎が突っ立っている。

　新六郎は清康の太刀の鞘を払うと、

「慮外者（りょがいもの）めが！」

　真っ向から斬り下げた。弥七郎の額が割れて、

「うわっ」

　と弥七郎が仰（の）け反る。

「思い知ったか」

　新六郎はその横腹に二の太刀を打ち込んだ。弥七郎は、がくん、と膝をついて上体を二つに折る。新六郎はその頸筋（くびすじ）に白刃を叩きつけた。首が垂れて、そのまま弥七郎は前に倒れた。新六郎、十六歳の働きだった。

　本陣の者が事件に気づいて集まって来た。清康は縁石の脇に倒れている。目を瞑（つむ）り、あたかも眠っているかのようだった。たちまち、怒りの叫び、悲しみの嗚咽、

絶望の怒号が境内に満ちる。この異様な事件は〈守山崩れ〉と言われ、三河松平家の勢いはここに終止符を打った。

大将を失った松平勢の主力は、急遽、岡崎に引き上げた。織田信秀が攻撃を掛けて来たのは、清康の死の七日後だった。その兵力、八千。これを迎え撃つ岡崎城には八百の兵しかない。

激戦になった。織田、松平ともに半数の兵を失う熾烈な結果を招いた。それでも、松平勢は岡崎城を死守したのだった。

松平家の継嗣広忠はいまだ十歳に過ぎない。大叔父信定がどう出て来るか分からない。老臣阿部大蔵らは協議を重ねて、広忠の庇護を今川に頼むことに決した。大蔵は弥七郎の犯行には関わりがない、と無実を認められたのだ。

広忠は、一旦、三河を出奔して流浪し、今川に庇護を求めた。岡崎に戻ったのは十二歳の年だった。

十六歳になると、三河刈谷の城主水野忠政の娘於大を妻に迎えた。於大は十四歳である。その前年、安祥城が織田信秀に奪われた。刈谷城はその西に位置する。これで、東西から攻めて安祥城の奪還を成功させることが出来る。それが広忠の願いだった。

翌年、天文十一年（一五四二）十二月二十六日、長子竹千代が誕生する。その明くる年、忠政が病死し、跡を継いだ於大の兄水野信元(のぶもと)は織田と結ぶ。これで、松平と水野は敵対関係になった。止むなく、広忠は於大を離縁せざるを得ない。於大は十七歳、竹千代三歳の年である。

二十騎ほどの家臣が刈谷まで於大を送り届けることになった。於大は聡明な女性だった。刈谷に近づくと、家臣に立ち帰ることを命じた。

「私の兄は、そなたたちを討ち果たすべく、待ち構えているに違いありませぬ」

そこで、彼らは近在の百姓を雇って、於大の輿(こし)を刈谷まで運ばせることにした。

「竹千代がこと、よろしくお頼みいたします」

と於大は深々と家臣に頭を下げた。

家臣の一人が輿の後を刈谷まで付けて行った。なるほど、刈谷では、送って来た松平の家臣を皆殺しにする手配がつけられていた。

水野と縁が切れた広忠は織田の攻勢を防ぎ切れず、矢作(やはぎ)川の西を失ってしまう。

その反面、今川への依存が強くなって行った。それは今川の支配が強化され、従属せざるを得なくなることを意味する。それを拒めば、松平の家名も守れなくなるのだ。

天文十六年（一五四七）、義元は人質に竹千代を求めて来た。竹千代は六歳になる。渥美(あつみ)湾を舟で渡って駿府へ向かう。ところが、渥美半島の田原に上陸したとき、領主の戸田康光(やすみつ)に騙されて、竹千代は織田へ送られてしまった。銭五百貫で売られたのだ。

こうして、二年間、竹千代は尾張で過ごすことになった。

広忠の側近に岩松八弥(はちや)と言う者がいる。隻眼(せきがん)ながら、松平家随一の剛の者だった。その八弥が、恩義ある織田方の佐久間九郎左衛門(くろうざえもん)から広忠暗殺を依頼された。三河の武士たる者、恩義には報わねばならぬ。しかし、主君を弑逆(しいぎやく)するのである。やるからには、己も妻子も生きて恥を晒すわけには行かない。そう肚を決めて八弥は機会を窺(うかが)っていた。

その機会は思い掛けず早くにやって来た。主君に咎(とが)められる不始末があって、八弥は広忠に呼びつけられた。天文十八年（一五四九）三月六日である。

書院の広忠は書机に向かっていた。こちらに背を見せている。忍び寄るように近づいた八弥は、いきなり、抜刀すると、

「殿、お許し下され！」

叫ぶと同時に広忠に斬りつけた。

「なにをするか！」

広忠はその初太刀を辛うじて躱したが、二の太刀が振り向いた広忠の心の臓を刺し貫いた。

「うぬは——」

それが広忠の最後の言葉だった。二十四歳の若い死である。八弥の使った太刀は、またしても千子村正だった。

八弥は妻子の始末をつけるべく、主館を出て大広場へ出た。間断なく涙が流れ出る。近侍の者が叫びながら八弥を取り囲むが、誰一人手が出せない。植村新六郎氏明が異変を知ったのは、二の丸御門を入ったときだった。八弥が真正面から近づいて来る。新六郎はその前に立ちはだかった。三十歳になる。

「片目八弥、おれが成敗してくれるわ」

と新六郎は叫んだ。

先に清康に凶刃を振るった弥七郎を討ち、いままた広忠を弑逆した八弥と出会(でくわ)す。不思議な因縁だった。

「これはよき相手に巡り会えたわ」

と八弥は満面に笑みを浮かべた。

二人は渾身の力を込めて、数合、打ち合った。新六郎の手から太刀が飛んだ。とっさに新六郎は八弥の懐に飛び込み、柄を握って八弥の千子村正を捥(も)ぎ取った。

二人は揉み合ったまま空堀へ転がり落ちる。そこへ本多作左衛門が駆けつけた。七歳から清康に仕えた譜代の臣で、このとき、二十一歳。近くの者から槍をひったくって空堀へ跳び下りる。新六郎と八弥は上になり下になって、死力を尽して揉み合っている。

「おれもろとも突き刺せ。躊躇(ためら)うな」

と新六郎は叫ぶ。

やがて、新六郎が八弥を組み敷いた。

「えいっ！」

裂帛の気合を発して、作左衛門は槍を繰り出して八弥の胸を刺し貫いた。新六郎は脇差を抜いて八弥の首を掻き斬った。八弥の顔は、なぜか、笑っていた。

竹千代は父広忠の訃報を尾張の熱田で聞いた。父に慣れ親しんだ記憶はない。広忠にはわが子と遊び戯れる余裕と寸暇が、欠片ほどもなかったのだ。

母於大は岡崎を去って刈谷に戻った後、織田方の阿古居城主、久松俊勝に再嫁させられた。ときおり、竹千代に衣服や菓子などを送り、音信も絶やさなかった。しかし、竹千代は、その母に父を喪った嘆きを訴えることは出来ない。

竹千代は八歳になっていた。八歳ともなれば、人質とはどういうものか分かって来た。織田家の許しがなければ、なにも出来ないのが人質だった。松平家の当主が亡くなった重大さは感じられるが、竹千代になせることはなにもない。

どうともなるがよいわ。そんな図太い思いで、竹千代は訃報を己の中で嚙み砕いてしまった。

しかし、主を喪った岡崎の家臣は、これまで以上に今川に頼らざるを得なかった。でなければ、たちまち織田に呑み込まれてしまう。義元は喜んで岡崎領を保護することを引き受けた。換言すれば、今川家が松平家を家臣化してしまったのだ。

この年、義元は安祥城を攻めた。城主は信長の兄信広である。信長は十六歳になる。義元は安祥城を攻め落として、信広を捕らえた。この信広と竹千代を交換して、竹千代は駿府へ送られた。采配を振るったのは雪斎禅師だった。

三

竹千代の元服は弘治元年（一五五五）三月のことである。儀式は今川館の客殿で執り行われた。義元が自ら加冠の役を務め、義元の妹婿、関口義広が理髪の役を申しつけられる。義元は十四歳になる竹千代に元の字を与え、松平次郎三郎元信、と名乗らせた。

「有り難き幸せにございまする」

と元信は神妙に義元に挨拶する。

「うむ。立派な名乗りじゃ」

と義元はすこぶる上機嫌だった。

「つきましては、一つ、お願いの儀がございます。一度、岡崎に赴いて、この喜びを先祖の墓に報告したいと思いまする。お許しいただけましょうや」

「おお、そうか。それは真っ当な思いよのう。相分かった。考えておこう」

「ありがとうございます。よろしくお願いいたします」

と元信は平伏する。

まあ、こんなところか、と元信は心の中で舌を出した。なにを許すにも勿体振り(もったいぶ)りやがる。しかし、待たされればそれだけ、岡崎への望郷の願いは強まるばかりだった。

元信は三歳まで岡崎で育てられたが、記憶に残っているものはなにもない。が、酒井忠次や石川数正らは、始終、岡崎の城や城下町、周辺の野山や川の風景について話し合っている。それを聞かされている内に、いつしか、元信にとっても、岡崎は懐かしい故郷になってしまった。

それだけではない。今川に支配されているとはいえ、岡崎領には多くの旧臣が残っている。忠次や数正の言によれば、彼らは今川の圧政の下で、日々の暮らしにも事欠(ことか)いている、と言う。

彼らに一目会いたい、と元信は痛烈に思うようになっていた。むろん、会ってもどうしてやることも出来ない。己の身も含めて、この先どうなるのか、それすらも分からないのだった。しかし、彼らと顔を合わせて、一言でも言葉を交わしてみたい、と元信は願っていた。

元信が岡崎への墓参を許されたのは、一年後の春だった。岡崎の旧臣は涙なしには元信を迎えられなかった。一目拝顔するため、われもわれもと押し寄せて来た。元信の目もまた自然に潤んで来る。嬉しい涙だった。

元信は今川の城代を憚って、本丸に入らず二の丸に足を向けた。二の丸館の大広間で旧臣の挨拶を受ける。上席の阿部大蔵らの年寄に続いて、

「植村新六郎でござる」

「本多作左衛門でございまする」

と次々と名乗を上げて脇に控える。

誰もが後の言葉が続かない。旧臣は途絶えることなく大広間にやって来た。五十、百と大広間を埋めて行く。

「会えて、嬉しく思うぞ」

と元信の目尻から涙が流れ続ける。

「殿はそのような泣き虫でござったか」

と声が上がって、皆が笑った。

植村新六郎氏明は清康と広忠の仇をその場で討った剛の者である。本多作左衛門も広忠の仇に槍をつけた強者（つわもの）である。当然、名は知っているが、誰も彼も、初めて顔を合わせる者ばかりだった。

「われが不甲斐ないゆえ、皆には苦労を掛けておる」

「なんの。誰も苦労などとは思うておりませぬわ」

と新六郎が答える。

新六郎は三十七歳になっていた。

「こ度（たび）は、二、三日の内には駿府へ戻らねばならぬが、いつの日か、必ずこの岡崎に戻って来るぞ」

「われら一同、首を長うしてその日の来るのを待っており申す」

と作左衛門が言う。

作左衛門は二十八歳になる。

「そのために、われらに出来ることがあれば、なんなりとお申しつけ下され。われら身命を賭して――」

後は言葉にならない。

「皆の思い、この元信、どれほど嬉しく思うているか」

「――」

「しかし、そのような勇ましいことを大声で言うてくれるな。今川の者の耳に入れば、この首が飛ぶぞ」

と元信は己の太い猪首（いくび）を掌（てのひら）で叩く。

一同の間に笑声が上がった。

彼ら旧臣の暮らしは悲惨そのものである。三河を支配する義元は、彼らに一粒の米も与えないのだ。年貢はことごとく駿府へ運ばれる。

せめて、松平の本領のほんの一部なりとも給してもらいたい、と年寄が幾度も嘆願した。が、義元は一言の下にこれを拒否する。止むなく、旧臣は自ら鎌（かま）や鍬（くわ）を手にして、荒地を開墾し、田畑を作って作物を育てている。

それだけではない。三河に配されている今川の将兵は傲岸不遜（ごうがんふそん）で、松平の旧臣を牛馬のごとく扱う。旧臣はこれになんの抵抗も出来ない。万一、若き主の身に報復されては、と恐れているからだった。だから、旧臣は身を竦め、這い蹲うように今川の将兵の機嫌をとっている。

その上、年に何度かある戦のたびに、松平勢は最前線に立たされた。その度に多くの者が死んで行った。例えば、一昨年正月の尾張小川城攻めである。

五年前の天文二十年（一五五一）の三月、織田信秀が逝って、信長が跡を継いだ。十八歳の若き当主の誕生だった。それを侮ったか、義元は自ら岡崎城に在陣して、小川城を攻めるべく村木に砦を構えた。この砦に多くの旧臣が駆り出された。二年前になる。それを信長が奇襲によって打ち破り、義元は岡崎まで敗走した。

このようにして、今川は松平の旧臣を根絶やしにしようとしているのではないか、と松平の者は疑っていた。そうした実情を、その日一日掛けて、元信は耳にし、実地に見て回った。

もし、雪斎師が生きていれば、この現実の改善に手を貸してくれるのではないか、とふと元信は思う。が、残念ながら、雪斎は元信が元服した年に、この世を去った。その後、元信が師事しているのは、於富が身を寄せている智源院の知短和尚である。於富の計らいだった。

その夜、二の丸館の居室の寝床に身を横たえて、おれはどうしようもない阿呆だな、と元信は自嘲する。

「いつの日か、必ずこの岡崎に戻って来るぞ」

と抜け抜けと口にした。

それで、皆が喜んでくれる、と思ったゆえだった。だが、これまで一度も、元信はそのための努力をしたことがない。如何にすれば岡崎に帰れるのか、それを考えたことすらなかったのだ。元信は深い吐息を吐いて寝返りを打った。

翌日、大樹寺にて盛大な法要を営む。

次の日、元信は城内をゆっくり見て回った。大蔵が案内に立ち、忠次と数正が供につく。晴れ上がった日で、城内には様々な草花が風に揺らいでいた。

二の丸の武器倉の前に立ったときだった。白髪の髪の薄い老武士が元信を迎えた。片膝をつき、目を瞬いて元信を見上げる。

「鳥居忠吉でございまする」

と嗄れた声で言った。

鳥居忠吉は松平家譜代の重臣で、岡崎にあって、年貢や課役の雑務に携わっていた。年貢を間違いなく駿府へ届け、出陣の命が下ると、人数を集める。辛い役目である。元信は、名は知っていたが、会うのは初めてだった。

「老齢と聞いておったが、元気そうでなによりだ」

「いつしか八十になり申した。もはや、先はありませぬ」

元信は忠吉の骨と皮だけになった痩せた手を取って、立ち上がらせた。

「いや、その方には百まで生きてもらわねばならぬ」

周りで笑声が上がった。

「ご無理を仰せられまするな」

忠吉は皺だらけの口許を緩めて、欠けた歯を覗かせた。

「この日の来るのを、どれほどお待ちしておりましたことか。お見せしたい物がございます」

忠吉は年に似合わぬ鋭い視線を辺りへ送って、

「こちらへお越し下さい」

武器倉に隣接して半ば崩れた貧相な小屋が建っている。忠吉は先に立って、その小屋へ入って行った。元信が続き、大蔵や忠次、数正が続く。

小屋の中は長年放置されていた廃屋のように、得体の知れぬガラクタが散らばっている。その上に埃が積もり、なにがなんだか分からない有様だった。片隅には二枚ほど筵が広がり、その上に材木や板切れが乱雑に放り出されている。忠吉はその前に歩み寄ると、埃が立たぬように材木と板切れを片寄せて、そっと筵を持ち上げた。その下に現れたのは、襤褸で包んだ幾つもの包みだった。細長い物もある。

「なんだ、これは」

と元信は忠吉に問う。

「これらは、それがしが密かに集め、隠し置いた物でござる」

「――」

「いつの日か、殿が岡崎に戻られ、兵を挙げられる再起のときに、お役に立てて下され。銭と糧食でございます。刀剣も集めました」

元信に言葉はない。じーん、と目頭が熱くなる。これらの物が実際の戦にどれほど役立つか、それは問題ではない。が、忠吉は老いの一徹で、己に出来ることを必死にやり続けて来たのだった。

大蔵が感に堪えぬように、

「城内にこのような物を――。それがしも気づき申さなんだ」

と言う。

元信は黙って忠吉と目を合わせて、深く頷いた。

「それがしはそのような嬉しい日を迎えることは叶いますまい。ここのことは元忠には伝えてあります」

鳥居元忠は忠吉の嫡男で、元信が十歳の年から駿府で元信に随従している。元信の三歳年長で、よき遊び相手としてともに成長して来た。

忠吉は背を見せて、秘匿物の上に筵を広げる。忠次と数正が手伝った。

元信は、己が多くの忠実な旧臣に支えられていることを改めて知った。彼らは、日々、命を賭して元信のために働いている。元信が今川の圧政と織田の攻勢を撥ねのけ、岡崎で松平家の再興をなし遂げる日を、唯一の希望の灯としているのだった。

ああ、彼らに報いてやらねばならぬ、いや、報いてやりたい、と元信は心の底から思った。

元信が多くの涙に見送られて駿府に帰ったのは、その翌日だった。その夜、元信は夢を見た。新六郎、作左衛門、忠吉らが次々と夢に現れる。二振りの村正の刃も虚空に現れ、入り交じって乱舞する。元信は声を上げて泣き出し、己の泣声で目覚めた。

翌弘治三年（一五五七）正月、十六歳になった元信は、義元の命によって妻を娶(めと)る。妻は元服のおり理髪の役を務めた、義元の妹婿関口義広の娘築山殿(つきやまどの)である。

この年、元信は名を元康(もとやす)と改める。祖父清康の康の字を使ったのだった。

四

永禄元年（一五五八）二月、元康は義元に三河加茂郡の寺部(てらべ)城攻めを命じられた。城主鈴木重辰(しげたつ)が今川に叛(そむ)いて、織田についたためだった。

「これは元康殿の初陣(ういじん)じゃ。やれるかな」

と義元は口許を歪めて鉄漿(おはぐろ)の歯を見せる。

揶揄(やゆ)しているかのような口振りだった。髪に焚きしめた沈香(じんこう)が幽(かす)かに漂って来る。元康は十七歳になる。なにを吐(ぬ)かすか、と肚の中で毒づいた。

「有り難きお言葉でございます。この元康、いまだ未熟者なれば、お館様には心許(こころもと)なく思われましょうが、懸命に務めさせていただきまする」

「左様か。ならば、お手並み拝見、といたそうか」

そこで、再び、義元は黒い口腔を覗かせた。

元康は岡崎へ赴いて旧臣を糾合した。忠次や数正ら駿府組は残して来た。岡崎の旧臣は主の初陣にお供が叶って驚喜した。その歓喜の様(さま)を目の当たりにして、いつものように元康の目頭は熱くなる。

よし、やり遂げてやるぞ、と元康は改めて決意を固くする。義元が期待しているのは、元康の敗北である。元康の不甲斐なさを岡崎の旧臣の目に晒すことなのだ。そうすることで、今川の有り難さを思い知らせるのが義元の狙いである。その傲慢の鼻を明かさずにはおくものか、と元康は己に誓った。

元康は鎧兜(よろいかぶと)に身を固め、先頭に立って馬を進めた。先手は譜代の老臣石川清兼(きよかね)(数正の祖父)や酒井正親(まさちか)らである。本多作左衛門もいる。御大将に元康を戴いての初の戦である。誰も彼もが奮い立った。

「命を惜しむな。御殿に勝ち名乗りを上げさせられぬようなら、われらは松平の臣ではないぞ」

と作左衛門は槍を突き上げて兵を鼓舞する。

「うおっ！」

松平勢は喊声を上げて、寺部城の大手に攻め寄せた。敵は城外に出て、これを迎え撃つ。乱戦になった。重辰自らも打って出て来た。なかなかの剛の者で、元康目掛けて突き進んで来る。元康は太刀を得意にしている。重辰の槍と二合、三合と打ち合う。そこへ、

「ご免」

と作左衛門が割って入った。

「邪魔をするな！」

と元康は叫んだ。

松平勢は次々と敵を屠るが、味方にも多くの犠牲者が出た。作左衛門の弟が討死したのはこの戦でだった。それでも、作左衛門の槍が鬼神のごとき働きをして、つ

いに敵は城内に退いた。

「この勢いに乗って、一気に攻め込みましょうぞ」

と清兼が勇み立つ。

「いや、待て」

と元康は頭を振った。

敵は寺部だけではない。近くに広瀬、挙母、梅坪など敵方の砦が多くある。彼らに背後を衝かれては、苦戦を強いられることになる。ここは、まず兵を休めた後、それらの枝葉を伐り払っておくことが肝要だ、と元康は言った。

清兼も正親も一言もない。作左衛門も元康に目を瞠っている。元康にどれほどの戦の才があるのか、誰も知らなかった。が、いまの話だけでも、凡庸な殿でないことが明らかになった。

「仰せ、ごもっとも」

清兼と正親は頷いた。

そこで、兵にしばしの休息を与えた。

「わしは清康公の再来を思うたわ」

と清兼は正親に囁き、

「わしも同じことを思うておったわ」

と正親は老いた目に涙を浮かべた。

休息後、松平勢は元康の指揮に従って寺部城の周辺を焼き払い、一転して敵方の砦を攻めた。彼らの兵力を無力化して反転、夜を待って寺部城に奇襲を掛ける。重辰は支え切れずに投降し、寺部城を元康に明け渡した。元康の大勝利だった。

義元は凱旋した元康を複雑な表情で迎えた。それでも、元康の勝利に祝意を述べ、

「恩賞をとらせようぞ」

と言う。

「有り難き幸せでございまする」

が、予想通り、それは形ばかりのものだった。松平の旧領山中の内の三百貫の地の返却と、一振りの腰刀（こしがたな）である。山中は、元来、われら松平の地ではないか、と元康は肚の内で笑声を上げげる。

傍らには清兼ら譜代の老臣が控えている。清兼が、つと、膝を進めて、

「如何でござりましょうや。こ度のわれらが働きに免じて、元康公に岡崎城をお任せ下さりませぬか。さすれば、元康公に代わって、われらが人質となって駿府に在府いたしまするが」

と義元に嘆願した。

義元は黙って聞いていたが、

「それはならぬ。時期尚早じゃ」

とにべもない返答だった。

駿河、遠江、そして三河を支配下に置いた義元は、次は尾張攻略を目指した。いずれ上洛を願っている義元にとって、それはなし遂げておくべきことであった。

永禄三年（一五六〇）五月、義元は二万五千の兵を率いて尾張を目指す。元康はその先鋒を命じられた。駿府出立は十日、本隊は十二日になる。出陣前の六日、於富が仮寓で息を引き取った。元康はその最期を看取ることが出来た。

「私は松平の人として逝けるのが、どんなに嬉しいか――」

と於富は痩せ細った手を伸ばして、肉づきのよい元康の手を握った。

「お祖母様（ばば）！」

と元康に言葉はない。

「於大に会いに行きなされ」

それが於富の最期の言葉だった。

悲しみに耐え切れぬ行軍となった。元康は八百の岡崎衆を率いている。その誰もが元康の悲しみを己のものとして、無駄口も利かずに粛々と行進した。

元康は大高城に兵糧を運び込むことを命じられていた。大高城は知多半島の根元西側に位置し、尾張における今川の最前線の城である。丸根、鷲津（わしづ）の尾張の砦がこれに対している。今川の大軍の進撃路にこの大高城はある。

しかし、大高城に掛かる前に、元康にはなしておきたいことがあった。実母於大に会うことである。於富もそれを望んでいた。が、於大が再婚した久松俊勝は織田方の阿古居（あぐい）城主である。阿古居城は大高城の南四里（一六キロ）ほどにある。元康は躊躇なく阿古居城に立ち寄ることを決め、数正を使者に立てた。

「喜んでお迎えいたしまする」

それが久松俊勝の返答だった。

「しかし、これはちと危のうござる」

と数正は言う。

「罠かも知れませぬ。あまりにも無謀でございましょう」

と年寄どもも口を揃えて元康を窘めた。

「馬鹿を申せ。母子の情を罠に使うような武将に、おれの母が再嫁すると思うのか」

それが理屈になっていないことは、元康にも分かっていた。久松俊勝が元康を罠に掛ける人物でないことを願っているだけなのだ。

十六年振りの再会だった。三歳で引き離された元康には、於大の確かな記憶はない。しかし、長年の間に己が想い描いて来た於大が目の前にいた。ふっくらした体全体に温かいものを宿し、向かい合う者をその温かさで包み込む。幽かに匂って来るのも、元康にはどこか懐かしいものだった。

於大は三十三歳になるが、まったく年齢を感じさせない。目鼻立ちの整った美しい瓜実顔に皺は見当たらない。膚は滑らかで色艶もよい。睫の長い大きな瞳が、瞬きもせずに元康を見つめている。

二人は城内居館の書院で向かい合った。明々と灯檠が点され、柔らかい光が書院の隅々まで広がっている。元康は於富の死を伝え、於大はそっと目頭を押さえた。

「お祖母様と長くご一緒出来て、よかったですね」

「元康は幸せ者でございます。こうして母上ともお話し出来ますし」

「ご立派になられて、嬉しく思います。長年、ご苦労なされ——」

「なあに、苦労など一向に——。好き勝手に振る舞って参りました」

「そうですか」

お互いの様子は、於富によって伝えられていたから、大抵のことは分かっている。

「私は貴方の他に三男三女に恵まれました」

於大はほんのりと頬を染めた。

「いつか、会ってやってくれますか」

「そういう日が来るのを待っております」

後年、三名の異父弟は松平姓を許されて、家康に仕えることになる。

「お話したいことが山ほどあったのですが、みんな忘れてしまいました」

と元康は言う。

ホホホ、と於大は笑い、

「ほんに、私も同じです」

と言った。

いつまでもこうして母と向かい合っていたいが、それは出来ない。

「そろそろ、お別れしなければなりませぬ。久松殿のご厚情には心から感謝しております。よろしくお伝え下さい」

「俊勝殿が申しておりました。明日は敵味方となって戦うことになるが、お互い悔いなきように刃を交えましょうぞ、と」

「むろんのことでございます」

「いつになれば、戦のない世が来るのでしょうか」

と於大が吐息混じりに言う。

元康には答えられない。黙って腰を上げた。

「これをお持ちなさい」

二人の間に出されていた菓子を、於大は懐紙に包んで元康に持たせた。

そして、十九日払暁、元康は織田方の目を欺いて、大量の兵糧を大高城へ運び込むことに成功する。その作戦の妙に、松平の将兵は瞠目したものだった。

この日、義元の本隊は沓掛から大高城に向かって進軍中だった。元康が見事に兵糧を運び込んだという報が届いた頃には、義元は桶狭間の田楽狭間と呼ばれる谷間に差し掛かっていた。大高城の東一里ほどの地点である。時刻は未の中刻（午後二時）頃だった。義元はここで一休みすることにした。

田楽狭間は午過ぎから雷鳴が轟き、風雨が激しくなって来た。義元が足を止めたのはそのせいもあった。酒を口にし、兵にも飲酒を許した。そこを、信長が自ら率いる一千の織田本隊に奇襲された。義元はあっけなく首を刎ねられた。信長による乾坤一擲の急襲作戦だった。

その報が元康の耳に入ったのはその日の夕刻だった。元康は大高城の留守を預かっていた。信じ難い報せである。

「直ぐに確かめろ」

と忠次に命ずる。

物見の者が桶狭間へ走り、戻って来て、

「間違いないようでございます」

と報告する。

義元の首級は織田方が清洲へ持ち返った、という。それでも、まだ、信じられない。なにやらざわざわしたものが、体中を駆け巡っているような不快な感覚がある。

「いま一度、その方が自ら確かめて参れ」

と数正に命じた。

「心得申した」

数正が腰を上げたとき、於大の兄水野信元が密使を送って来た。密使は義元の討死を伝え、今川軍は算を乱して駿府へ逃走中である、と報じた。間違いない。義元は死んだのだ。

元康は立ち上がると、

「うおっ！」

と叫んだ。

その叫びを忠次や数正らはどう理解すればよいのか、分からなかった。義元の死を悼んでいるのか、それとも喜んでいるのか。義元という大樹を失ったゆえの先行きの不安か、独立への歓喜か。恐らく、そのすべてがない混ぜになった叫びだった。

「岡崎へ戻るぞ」

と続けて元康は声を放った。

信長が清洲へ戻ったとすれば、岡崎への攻撃はない。

「おうっ！」

と歓声が上がる。

「続け！」

真っ先に元康が城を飛び出した。

「走れ、走れ！」

松平勢が岡崎に着いたのは、翌二十日の未明だった。様子を探ると、岡崎城は夥しい今川の兵に占領されていた。元康は松平勢を大樹寺に入れて様子を見ることにした。

難しいのはこれからだった。なんとしても、この機を捉えて今川の桎梏から逃れ出る。そして、織田の攻撃を撥ね返さねばならない。

その夜、元康は父広忠と祖父清康の墓前に座った。年寄や重臣は寄り集まって論じ合っていたが、元康は独りで考えたかった。

三日後の二十三日、突如、今川の兵が岡崎城を出て駿府へ向かった。その機を捉えて、元康は無人の岡崎城に入った。広忠の死から十一年を経て、岡崎城は再び松平の主を迎えたのだった。集まって来た旧臣は、喜びの声を上げて城中を駆け巡る。涙を流さない者は一人もいなかった。

元康の新たな旅立ちだった。

二章　凡ならざる者

一

元康の願いはただ一つ、松平家の自立独立であった。そのためには、今川の支配から脱し、織田の攻勢を防ぎ切らねばならない。が、これが難しい。そのようなことが果たして可能なのか。元康は岡崎城にあって考えに考え抜いた。

そんなとき、元康は本丸御殿の中や城郭を歩き回るのが好きだった。この城に拠って、祖父清康は三河を平定したのである。その清康が不慮の死を遂げて、まだ二十五年にしかならない。御殿の柱や壁や床に、清康の匂いが残されているように元康には感じられる。それが元康を鼓舞してくれるかのようだった。

岡崎城は矢作川と菅生（すごう）川、両川の支流に挟まれた段丘上に築かれている。元康はこの城で産声（うぶごえ）を上げたが、暮らした記憶はまったくない。それでも、なぜか、帰って来たぞという思いを、この城は抱かせてくれる。元康は歩き回っている内に、考えねばならないことを忘れて、城との親しみを深めていることに、喜びを噛み締めるのが常だった。

中でも気に入っているのは、城郭の高所に立って、四辺を見渡すことだった。かなりの眺望が開け、西三河も東三河も一望出来る。城の北側には矢作川が見え、東海道が東西に延びているのが識別出来、南には菅生川が流れている。

桶狭間後にも、織田の攻撃は続いている。その都度、元康は自ら出陣してこれを撃退して来た。しかし、なぜか、織田の攻撃に峻烈（しゅんれつ）さが欠けているように思われる。一応、攻めてみて、こちらの出方を窺っている。あるいは、いつまで愚図（ぐず）ついているのか、と叱咤している。そんな不可解な気配が感じられるのだった。

織田以上に理解出来ぬのは今川である。義元の後継者である氏真（うじざね）がなにを考えているのか、元康には分からない。氏真は当然のごとく、駿府に戻れ、と元康に命じて来た。そこで、元康は亡き義元の弔い合戦を進言してみた。が、そのことには一向に反応を示さないのだった。

「いまの今川に剛健なる気概など、あろうはずはござらぬ」

酒井忠次は吐いて捨てるように言った。

「氏真の関心は和歌と蹴鞠、酒宴乱舞にしかないのです。武将どもはその氏真に阿って、阿諛追従で己の身を安んじておるばかりでござるわ」

忠次の語気には、長年にわたる今川の悪辣な支配への恨みが籠められていた。その恨みは上下の区別なく、松平の家臣すべての心中に根強く生きている。元康はなんとしても彼らに報いてやらねばならないのだった。今川に戻る考えなど、元康の中には欠片もない。

こうして、永禄四年（一五六一）の正月を迎えた。そんな一夜、元康は本丸殿舎の居室の隅に、服部半三保長の姿を見出した。傍らに体の大きな若者が控えている。

「お懐かしゅうございます」

半三はにこにこしている。年齢不詳の老人である。小柄で目鼻立ちもこぢんまりして弱々しく見える。これで、伊賀では知らぬ者のない忍びの統領の一人である。清康時代から松平家と関わりを持って来た。

駿府での人質時代にも、半三はときどきどこからともなく姿を現して、元康の顔を見に来たものだった。お祖父様の古い知り人でのう、と言った。ただ顔を見て、柔和な笑いを残して姿を消してしまうのだった。子供の元康にとっては、不思議な老人だった。

「よくぞ長々とご辛抱なさいましたなあ」

と半三は感に堪えぬように言った。

老いた目が潤んでいるようだった。

このように感情に動かされるなど、忍びとしてはあり得ないことに思われる。なによりも、この老いた忍びを信じてよいものかどうか、元康には判断がつかない。

傍らの若者は我関せず焉という風である。

「それにしても、元康様は清康様にも広忠様にも似ておられますなあ」

と半三はしみじみと言う。

「そんなことはあるまい。おれは下膨れした顔の醜男だ」

「いやいや、なかなか味わいのあるよきお顔でござる。それにひきかえ、わが息子のこ奴は鬼瓦のような顔をしておる」

と若者を振り返る。

「服部半蔵正成でござる」

と半蔵が頭を下げた。

大きい。背丈は優に六尺を超え、肩幅広く、胸板も厚い。目、鼻、口も大きく、まさに鬼瓦の風貌である。

「こ度、元康様が岡崎城に拠られたゆえ、伊賀者二十名を引き連れて参上いたしました。こ奴をお側に置いて行きますゆえ、存分にお使い下され」

「それは有り難い話だが、忍びの者は誰にも仕えぬ、と聞いているぞ」

忍びは、その都度、依頼された仕事をなし遂げて、生業としている。誰にも仕えず、隷属することなく、自立独立に誇りを持っている、と元康は聞いていた。半三はそれには答えず、

「半蔵めは槍を遣います。なかなかにお役に立てましょう」

「そうか」

「それに、奇しくも殿と同い年でございます」

元康は思わず笑いを洩らした。そんなことはなんの意味もない。むろん、半三もそれは承知している。

「それで、爺は伊賀へ戻るのか」

半三は昔から、己のことを爺と呼べ、と元康に言っていた。

「いいや。もうこの戦国の世に飽き飽きしましてのう。あっちを取ったこっちを取られた、とまあ誰もがあたふたしておる。もううんざりしましてのう」

「なるほど」

そのあたふたに、いまの元康は命を懸けているのだった。

「そんな戦国の世を、元康様が終りにして下されや。元康様なら、それが出来る、とご面相が言うておりますでのう。が、この爺はそれを見ることは叶いませぬ。お手伝いも出来ぬようになりましてなあ」

「で、どうする」

「これからはこ奴の母親と二人連れで、のんびりと諸国を見て歩こうと思うており申す。その内、どこかで野垂れ死することになりましょうな」

「半蔵とやら、爺がこんなことを申しておるが、それでよいのか」

「それがしの申すことなど、聞く耳持つ年寄ではございませぬ」

「誰が息子の言うことなど聞くものか」

と半三は嘯く。


「ならば、お好きになさりませ」

「ああ、好きにするとも」

こうした父子の心の籠もったやりとりなど、元康には無縁のものだった。聞いているだけで、心が温まる思いがする。

「そうか、爺は放浪の旅に出るか。おれなどは、やっと家に戻れた、という思いだ」

「左様でしょうとも。では、半蔵と伊賀者二十名、しかとお預けいたしましたぞ」

「半蔵に異存はないのだな」

と元康は半蔵に訊く。

「よろしくお願いいたしまする」

と半蔵は大きな図体を二つに折る。

「嬉しい贈物だ。元康、喜んで受け取らせてもらうぞ」

「では――」

半三は腰を上げ掛け、

「ああ、そうじゃった。織田信長とお会いなさるときは、必ずこの半蔵に背後を守らせなされ。それで、なんの心配もありませぬ」

と言った。

「爺はおれに信長と会え、と申しておるのか」

と問う。

「とんでもございませぬ。忍びごときが、あれこれ指図することなどいたしませぬ」

しかし、半三が、織田信長、という名を元康の耳に入れたことは間違いない。

「やはり、信長か」

「もし、元康様がどなたかと手を結ぶとすれば、断じて今川ではございますまい。では、誰がよいか。この乱世を眺め渡してその人物を勘案すれば、織田信長しかおりますまい」

「――」

「信長は若いが、凡（ぼん）ならざる者、とこの半三の目には見え申した。それに、なにより勢いがあります。三河の地理を考えても、他に人物はおりますまい」

「相分かったぞ」

「では、これにてご免こうむりまする」

と半三は立ち上がった。

半蔵が無表情に老いた父を見上げる。その半蔵に、

「なにがあっても、わしを探そうなどという気を起こすでないぞ」

と半三は言った。

「心得ており申す」

「では、さらばじゃ」

それが父と子の今生(こんじょう)の別れだった。

二

「相撲(すま)うか」

と信長が言った。

元康が竹千代と呼ばれていた七歳の年だった。竹千代は人質として尾張にいた。

これが信長との初対面だった。信長は十五歳である。竹千代が手習いに飽きて、庭へ出たときだった。

信長は異様な形をしていた。茶筅髷を紐で結わえ、湯帷子を片袖抜きに着て、裸足に草履である。腰の回りには燧袋や瓢箪が幾つもぶら下がっていた。太刀と脇差の柄には荒縄が巻きつけられている。その頃、信長は、目一杯、傾いていたのだった。

信長は不思議な生き物を見るような目で竹千代を眺め回していた。

「相撲うか」

と信長はもう一度言った。

「はい」

と竹千代は答えた。

思わず甲高い声が出た。

「よし」

信長は少し膝を曲げ、両手を広げて身構えた。竹千代は袴の股立を取って、全力で信長にぶつかって行った。汗臭い臭いがした。と思った瞬間、竹千代は地面に叩きつけられていた。

信長は手加減など一切しなかった。どこをどうされたのか、竹千代には分からない。体が空を一回転して落ちたようだ。息が詰まって、呼吸が出来ない。それでも、歯を食い縛って起き上がり、再度、挑んで行った。三度、襤褸切れのように投げ捨てられた。

「もう止めた」

と最後は突き放された。

そして、倒れた竹千代を見下ろして、

「坊主、お前は人質ではなく、織田の小さい客人だ。そう思うて気楽に暮らせ」

そう言い捨てて、信長は庭から出て行った。

その思い出は温かいものとして、元康の中に生きている。信長は歌舞伎者の大うつけ、と家中では蔑まれていた。家中だけではない。近隣の諸国でも評判だった。守役の平手政秀が諫言したが、信長は外方を向いているだけだった。そして、平手政秀はついに諫死することになる。それでも、信長の所業は治まらない。その信長が家中を統率し、義元を討ち果たしたのだ。凡ならざる者、と服部半三保長は言ったが、それに間違いはない。

その信長から同盟の誘いがあった。間に立ったのは、於大の兄水野信元（のぶもと）である。信元はこんなことを元康に言った。

織田にとっては美濃の斉藤と三河の松平、これを腹背（ふくはい）に置くのは賢明ではない。斉藤を全力で攻めるためにも、背後の松平と手を結んでおきたい。その上、信長の目は京を向いている。松平と同盟の誓いをなせば、京を目指すとき、背後を衝かれる心配もなくなる。

「この申し出、元康殿にとっても決して悪いものではござるまい」

と信元は言った。

それは元康にも分からぬではない。むしろ、話が旨すぎる嫌いすらある、と思われる。竹千代は人質として、二年間、織田にいた。その間、虐（しいた）げられたわけではないが、特別、大事にされたわけでもない。信長が相撲の相手をしてくれたのも、たった一回だけだった。

この織田の申し出にどう対応するべきか、元康は本丸殿舎の大広間に重臣を集めて、彼らの意見を質した。

「よいのではございませぬか」

忠次が最初に乗り気になった。

「どのような形であれ、今川と事を同じゅうすることなど、断じてあるべきではありますまい。とすれば、向後、今川とはしばしば戦になり申す。織田と敵対するとなれば、腹背に敵を受けることになります。それはちと厳しくはありませぬか。のう」

と忠次は数正に問い掛ける。

「それがしも、忠次殿のご意見に、なんら異存はありませぬ」

と数正。

「腹背に敵が迫ったからとてそれがなんだ。腹も背もないわ。蹴散らすまでだ」

と本多作左衛門が誰にともなく喚くように言った。

それを無視して、

「それは、あくまで同盟であって、臣従ではありませぬな」

と大久保忠世が訊いた。

大久保一族は元康が岡崎城に拠るや、真っ先に馳せ参じ、全力で元康を支えている。三河武士の典型的な族党である。

「むろんのことだ」

と元康は言った。

今川に苦汁を飲まされて来た元康にとって、最大の大事は自立独立である。その一事を墨守(ぼくしゅ)出来ないのなら、松平家は滅びてもよいとまで、元康は肚を決めていた。

しかし、やはり理解出来ぬ、と思う。なぜ、松平と織田が同等であり得るのか。領地、戦力、領主の器量、どの点をとっても、圧倒的に織田の方が上位に位置する。にも拘わらず、信長は対等の同盟を望んでいる、と信元は言った。人質の竹千代に、お前は小さい客人だ、と信長は言ってくれた。なぜか、それもいまだに元康には理解出来ない。

「向後、おれはどこの誰であろうと、決して臣従することはない。そのことはしかと皆にも言うておくぞ」

と元康は改めて言った。

「それでこそ、殿でござる」

と作左衛門が満足気に言った。

天野康景(あまのやすかげ)、高力清長(こうりききよなが)、鳥居元忠は黙って聞いている。この席での最年長者は忠次で、三十五歳になる。二歳下が作左衛門、その一つ下が高力、そして忠世、数正、天野、元忠と続く。

「しかし、われらは氏真に一様に人質を取られており申す」

と忠世が言う。

元康の妻築山殿、嫡男信康(のぶやす)、長女亀姫(かめひめ)も駿府に留められている。信康は三歳になる。この場にいる老臣の妻子もすべて、氏真の手中にあるのだった。

氏真は相も変わらず、和歌と蹴鞠に現(うつつ)を抜かし、夜ともなれば、遊女、白拍子(しらびょうし)などを集めて酒宴乱舞に興じている。これを諫める重臣もいないようだった。

「氏真という男は軟弱なる者ですが、異様なほど残虐なところがありまする。今川を裏切った者の妻子を串刺しにして喜んでいる、と申します」

それは事実のようだった。

元康は目を瞑ってわが妻、わが子の姿を脳裏にくっきりと想い描く。と、不意に、会いたい、という思いが強く迫って来た。その妻と子が無惨にも串刺しにされて殺される。その様を想像するだに身震いがする。そのようなことを氏真にさせてはならぬ、と思う。

「だが、それは覚悟の上のことだ。いま、われらがその犠牲を忍ばねば、松平の自立独立は決してないぞ」

元康は目を光らせて、一同の顔を睨みつけた。

「殿は築山殿も嫡男信康様も犠牲になさる、と仰せか」

と作左衛門が問い返す。

「ああ、松平家のためなら、おれは如何なる犠牲も厭(いと)いはせぬわ」

「左様でござるか。ならば、おれも妻子を氏真の好きにさせ申す」

と作左衛門は目を瞑る。

そして、直ぐさま、かっ、と目を剝くと、

「だが、氏真の首は必ずわが手で刎ねずにはおかぬぞ」

と言う。

「妻子を犠牲に出来ぬと申すのなら、遠慮は要らぬ。岡崎を去って、駿府へ行くがよい」

と元康は一同の顔を眺め渡す。

「なにを戯けたことを仰せか。そのような者がこの場にいる、と殿はお思いか」

と数正が言う。

「そうか。ならば、織田との同盟を睨んで、この先のことを考えるぞ。それで、よいな」

「一同、異存はござらぬ」

と忠次。

「よし。ならば――」

元康はその場で瞑目して、考えを纏め、それを一同に披瀝する。

一つ、当分は、巧みに氏真を言いくるめておく。

一つ、半蔵を駿河に潜入させて、松平の人質の扱いを探らせる。

一つ、織田との同盟がなる前に、西三河を平定する。

一つ、織田と同盟がなった後、松平の人質を駿河からどのように奪還するか、その方策を考えておく。

そんな元康を、一同は黙って頼もしげに見つめていた。

織田との同盟の話が進行する中、元康は西三河を平定するため、今川方の城を次々と攻め落とした。氏真にはっきりと反旗を翻し、氏真の出方を見たのだ。八月には長沢城（宝飯郡）、九月には東条城（幡豆郡）を落とす。

長沢城攻めでは、十四歳の本多忠勝が高名を上げた。

東条城は本多広孝に命じて攻落させた。彼らは城主吉良義昭を生け捕りにして岡崎へ送り、東条城には鳥居元忠が入った。

しかし、今川に救援の動きも奪還の気配もない。それゆえか、今川に属していた西三河の国人、土豪が多く今川の手を離れることになった。

こうして、元康は西三河をほぼ平定して、旧領回復をなし遂げた。

三

永禄五年（一五六二）の年が明けて、元康は正月中に信長に会う決意を固めた。それを信元に伝えると、早速、織田家の重臣林通勝、滝川一益の両名が数正、高力清長と鳴海で打ち合わせることになった。

元康はこれまでに攻め得た織田方の城と砦を、すべて信長に返還することを約した。これに対して、信長の方からも松平の旧城と旧砦の返還の申し出があった。

こうした下相談を終えて、元康は忠次、数正、天野、高力等百名ほどの郎党を伴って清洲城へ向かった。熱田まで林と滝川が出迎えに来ていた。正満寺にて小休止して清洲城に向かう。半三の言を守って、元康は一行の背後を半蔵に守らせた。しかし、信長が元康を謀殺するという卑劣な策を弄するとは、毫も思っていない。

松平の領主を一目見ようと、尾張の領民が大勢、大手門の前に集まって来た。彼らが騒ぎ立てるので、供奉していた本多忠勝が、

「三河の松平元康、只今、参着いたした。汝ら、騒ぎ立てるは無礼であろう」

と長刀を翳して恫喝した。

この大音声で、領民は一斉に膝を屈して頭を下げた。

信長は自ら二の丸まで出ていた。

「これは、これは、元康殿、よくぞお越しなされた」

と満面に笑みを浮かべて元康を迎える。

十四年振りの再会だった。信長は正装していた。肩衣袴姿で、肩衣には桐の紋が鮮やかに浮き出ている。

中肉中背、すらりとした立ち姿は清々しく、非の打ち所がない。顔は瓜実型で、鼻筋が通って、目は意外に優しげに見える。口は小さめである。

元康も同じく肩衣袴姿に正装している。元康は小太りで背も低めである。顔は下膨れで、太い眉、大きめの目と鼻、厚い唇では見栄えがしない。が、元康は信長の正面に悠然と控えている。

「では、参ろうか」

と信長が先に立った。

本丸に着く。植村新六郎家存が小姓として元康に供奉していた。この新六郎は、清康、広忠を殺害した阿部弥七郎、岩松八弥を討った新六郎の息子である。新六郎は元康の太刀を捧げ持っていた。

元康が本丸に入ろうとしたとき、織田の臣が太刀を捧げ持った新六郎を引き留めようとした。こういうときには、佩刀を預けるのが慣わしである。ところが、新六郎は、

「それがしは主の佩刀をお預かりする身である。なんの怪しむことがあろうか」

と傲然と胸を反らせてそれを拒否した。

一瞬、信長の表情が動いた。元康が新六郎を窘めようとしたとき、突然、信長が笑った。意外に細い笑声だった。

「よい、よい。豪胆な小姓よ。好きにさせてやれ」

信長はこの若き新六郎が気に入ったようだった。その日、行光の太刀を新六郎に与えた。

本丸御殿の書院で元康と向かい合った信長は、しげしげと元康を見つめて、

「あの小さい客人が、見事な御大将に成長されましたなあ」

と感嘆するように言った。

「ちと、成長し過ぎたようでございます」

と元康は下腹に視線をやった。

信長は笑う。

「信長様には、相撲を取っていただきました」

「さて――」

「お忘れでございまするか」

「そのようなこともあったのかのう」

「元康はあの相撲で救われたのでございます。長年の人質暮らしに、耐えることが出来ました」

「――」

「そして、また、こ度も信長様のお蔭で、今川の桎梏から脱することが出来たのです。顧みれば、己一人の力ではなに一つなし遂げることなく、すべて信長様のお力でここまで来られたのです。それを思うと、恥じ入るばかりでございます」

それは嘘ではない。元康の正直な気持である。人質の身から抜け出すことも出来ず、旧臣の労苦を目の当たりにしながら、彼らになにをしてやることもなかった。それでも、彼らは耐え忍び、ひたすら元康を蔭ながら支えてくれたのだった。

信長がいなければ、いまの元康もない。そして、信長は元康のためになにかをしたわけでもない。すべては偶然の賜である。その偶然に意味があるわけでもない。元康は、ただただ、そうした偶然の働きに感謝するばかりである。

「ご苦労なされたな。しかし、いまでは、元康殿の武勇の数々が耳に入っており申す。中でも、大高城への兵糧入れの奇策には、感服仕った」

「揶揄われますな。赤面いたします」

事実、元康の陽に灼けた顔面が、赤銅色に染まっていた。

信長は己の道を己で切り開いて来た人物である。若い頃は歌舞伎者の異様な衣装を好み、思うがままに野山を駆け巡っていた。

十三歳で元服し、美濃の斉藤道三の娘濃姫と婚姻する。道三と会見するのはその五年後だった。そのときの逸話が、元康の耳にも入っている。会見の場は尾張富田の正徳寺である。道三は信長がやって来る途中の村の小屋に忍んで、信長の行列を盗み見していた。信長は弓・鉄砲五百の行列を整えてやって来た。

そのときの馬上の信長の装いを見て道三は驚愕した。元康が相撲の相手をしてもらったときと同じ歌舞伎者の服装だった。道三はこのとき六十歳、なまなかなことでは驚かない古狸である。

ところが、驚かされたのはその異様な服装だけではない。信長は正徳寺に到着すると、屏風を引き回して、髪を結い直し、褐色の長袴を着け、見事な造の小刀を帯びて、道三の前に現れたのだ。

道三は見事な信長の仕様に感服し、

「いずれ、わが跡取りは信長の下風(かふう)に立たされることになるだろう」

と公然と言い放った、という。

以後、斉藤家中では、信長を大たわけと呼ぶ者はなくなった。

信長の父信秀が病死したのはその二年前だった。信長は十八歳である。僧侶三百名が集まる壮大な葬儀が執り行われた。そこへ信長が異様な風体(ふうてい)のまま現れた。つかつかと仏前に進むと、抹香(まっこう)を一摑(ひとつか)みして力いっぱい仏に向けて投げつけた、と語られている。

信長は家督を継ぐと、たちまち尾張国内を統一し、弟信行(のぶゆき)の謀叛を知ると、躊躇なくこれを誅殺している。そういう苛烈で容赦ない一面が信長にはある。その信長が元康には柔和に接している。

「さて、われら織田と松平は、今日より同盟の誓いを交わし、手に手をとってともに進んで参ろうぞ」

と信長はにこやかに言う。

「畏(おそ)れ多いことでございまする」

と元康は低頭する。

これでよい、と改めて思う。どこまでも、信長とともに歩んで行くのだ。利用し、利用されるのではない。臣従するのでもない。対等の立場で、手を携えてこの乱世を突き切って行くのだ。そして、あくまで同盟者として信義を尽す。それがこのおれの歩むべき道だ。

「ともに天下を目指そうではないか。おれが天下を取ってもよい、元康殿が先んじても一向に構わぬ。おれが天下を統一すれば、元康殿は旗下(きか)となられよ。元康殿が天下人となられれば、信長、その旗下となろう」

「天下などと、そのようなことは考えたこともありませぬ。それがしには重うて背負い切れませぬ」

それは本心である。元康の願いはあくまでも、松平家の自立独立である。その中で苦労して来た家臣に報いてやることだった。それは小さい報いには過ぎないが、松平の家臣はそれで十分に満足してくれるのだ。有り難いことだった。

信長は軽く笑って、

「天下はともかく、向後、元康殿は背後を安んじて、ひたすら東を目指されよ。遠江、そして駿河を攻めるのだ。助けが要るのなら、いつなりと兵を送りましょうぞ」

遠江、駿河、と元康は心に呟く。それは今川を斃すことを意味する。天下はむろんのこと、今川を攻め滅ぼすことすら、元康は考えたことがない。そうした野望は元康には無縁のものだった。

それに引き換え、尾張一国の主に過ぎない信長の脳裏には、すでに天下が想い描かれている。それだけを考えても、信長と元康、二人の人物の大きさは桁違いである。そのことを改めて元康は思い知らされた。

「では、諸事、片付けますか」

信長が小姓に合図すると、小姓が書机を運んで来て、誓紙を認める準備に掛かる。やがて、互いの誓紙が交換され、

「これにて、われらが同盟整い、欣快喜悦、これに過ぎるものはござらぬ」

と信長が言い、

「真に有り難うございまする」

と元康は改めて深く頭を下げる。

「これより、元康殿に馳走いたすゆえ、存分に召し上がれ」

「それは忝のうございます。それがしは食い意地が張っておりまして、食べることが大好きでございます」

「そのようですな」

と信長は笑った。

豪華な饗応を受けて、元康が清洲城を後にした頃には、もう夕刻になっていた。信長は自ら元康を清洲の町外れまで見送り、林、滝川は熱田まで送って来た。

そして、岡崎に帰り着くと、後を追うように林、滝川がやって来た。元康の清洲訪問に対する、信長のお礼の言葉を伝えるためだった。

四

松平・尾張同盟のことは、当然、氏真の耳に入った。氏真から詰問の使者が岡崎にやって来て、その真意を質した。元康は使者の厳しい言葉にのらりくらりと応じた。

「これは計略だ。しばらく、尾張を黙らせておかねばならぬのだ。氏真様はそのようなこともお気づきにならぬのか。あれこれとお忙しいゆえ、止むを得ぬか。しかし、その方ら重臣が、その程度のことも進言せぬとは、一体、今川のお家はどうなっているのだ」

使者は元康の叱責を受けて這々の体で引き下がった。追い掛けるように、元康は数正を駿府にやって弁明させた。

しかし、この弁明は、早晩、偽りであることが明らかになる。

「なんとしても、早急に駿府の人質を取り戻さなければならぬな」

と元康は数正と忠次に言った。

駿府には、元康の妻築山殿と嫡男信康、長女亀姫が留め置かれている。重臣たちの妻子も人質になっていた。

「御意」

と数正。

「そこで、おれは考えた。思いついたのは雪斎禅師の策だ」

「と、言われますと――」

「思い出さぬのか」

天文十八年（一五四九）、元康（当時は竹千代）は人質として尾張にいた。雪斎禅師はこの竹千代を取り戻すため、一つの策を考えた。それは人質の交換である。そこで、義元は安祥城を攻めた。城主は織田信秀の長子、つまり信長の兄信広である。義元は信広を生捕りにすると、この信広と竹千代を交換した。こうして、竹千代は駿府へ送られたのだった。

「なるほど、それはよい」

と忠次はしきりに感嘆する。

「よって、西郡（にしのこおり）城の鵜殿長照（うどのながてる）を攻め、息（そく）二名を生捕りにし、これを交換に遣うのだ」

鵜殿長照は今川の重臣で、妻は義元の妹である。かつて、元康が兵糧を運び入れた大高城を預かっていたのが、この鵜殿長照だった。

「それで行きましょうぞ」

と忠次は言った。

二月早々、元康は自ら西郡城攻めに向かった。城の北西の小山に陣を構えて、忠次らに攻撃させた。が、城は要害険阻(ようがいけんそ)で力攻めしては、味方に犠牲が出るばかりに思われる。

「さて、どう攻めるか」

元康が思案していると、半蔵が進み出て、

「それがしがわが手の者と城内に忍び込み、各所に火を放てば如何でござろうか。城内が混乱する隙に本隊が攻め入れば、必ず成功いたしましょう」

と言った。

「出来るか」

「お任せ下され」

「よし、任せた」

と元康はその場で決断する。

「では、今宵。火の手が合図でござる」

「心得た」

半蔵は一礼して元康の許を離れた。その夜更け、半蔵と手の者二十数名が闇に紛れて城内に忍び込み、各所に火を放った。火が勢いを増し始めると、

「火だ！」

「火事だぞ。火を消せ！」

とたちまち城内が混乱する。

「いまだ。行け！」

と元康が命を発し、

「おうっ！」

と本隊が喊声を上げて城内に攻め込んだ。

見事な作戦勝ちだった。鵜殿長照は討死し、元康はその子の氏長（うじなが）、氏次（うじつぐ）兄弟の生捕りに成功する。二月四日のことである。

　これが半蔵の初陣だった。その報償に半蔵は槍一筋を賜る。この槍は、生涯、半蔵の傍らにあることになる。

　早速、元康は数正を駿府に遣わして、人質交換の交渉をさせた。氏真にとって氏長、氏次は従兄弟（いとこ）に当たる。彼らの命を犠牲にすることは出来ない。渋々、氏真は元康の交換条件を呑むしかなかった。

　数正は改めて人質を連れて、駿府へ乗り込んだ。そして、築山殿、信康と亀姫の他、留め置かれていた重臣たちの妻子も岡崎へ連れ帰った。

上下の家臣、領民が歓呼の声を上げて彼らを迎える。数正は髯食い反らし、信康を鞍橋に乗せ、胸を張って戻って来た。その得意然たる様は、長く語り継がれることになった。この年、信康は四歳だった。

これで、松平と今川は完全に手切れとなった。元康はなんの顧慮もなく、眼を東三河へ向けることが出来るようになった。

九月、今川の大軍を御油で打ち破る。

翌永禄六年（一五六三）三月二日、信康と信長の娘徳姫の婚約がなる。信康と徳姫は同年の五歳だった。

七月六日、元康は、家康、と改名する。

家康は心を新たにして、東三河侵攻に取り掛かる決意だった。ところが、思い掛けない大事件が家康の足下を揺るがすことになる。

三河一向一揆である。

三章　一向一揆

一

京を中心とした畿内の情勢は、相変わらず混迷を極めていた。和泉国堺から畿内へ進出した細川晴元が、元の管領細川高国を討った。享禄四年（一五三一）のことである。その翌年の六月、この討伐に功のあった被官の三好元長が、讒言を受けて晴元に討たれた。

このとき、晴元は山科本願寺の証如光教に助力を求めた。これが京畿の混乱を深めることになる。一向門徒は先の法主蓮如の晩年から北陸、飛驒、三河、濃尾、畿内で勢力を伸ばして来た。その中心が山科本願寺である。

ところが、やがて、元長を斃したことで勢いを増した一向門徒が、晴元と対立することになった。これに対抗して、晴元は法華宗徒と結びつく。同年八月、法華宗徒は山科本願寺を攻撃し、これを壊滅させた。証如は止むなく本拠を摂津石山に移すことになった。

天文二年（一五三三）、この報復に一向門徒は堺の晴元を攻め、晴元は淡路に敗走する。この一向門徒を法華宗徒が反撃し、ついに京を掌握するまでになった。晴元には看過出来ない状勢になった。室町将軍足利義晴にとっても事情は同じである。

天文五年、将軍義晴と晴元の画策によって、叡山の山門衆が法華宗徒攻撃に蜂起する。京は戦乱の巷と化した。結果、法華宗徒が敗北し、一向門徒と結びついた晴元の被官木沢長政が勢力を伸ばして来た。この木沢長政を打倒したのが三好元長の子長慶である。天文十一年のことだった。

その後、長慶は晴元、そして将軍義晴、次期将軍となる義輝と対立、和解を繰り返しつつ、勢力を伸ばして行った。永禄三年（一五六〇）になると、将軍家の相伴衆（幕臣の最高位）となる。長慶は将軍を傀儡化することに成功したのだった。その間に、義晴は逝き、一向門徒と法華宗徒は密かに力を養って来た。そして、永禄六年（一五六三）、晴元も逝った。

こうした京畿の情勢はある程度家康の頭に入っていた。服部半三が語り置いてくれたし、その後は、息子の半蔵が京に走って情報を集めて来た。

宗門の力は、この戦国の世をより複雑にしている。これに打ち勝たねば、一国を立て、守ることは難しい。信長もやがては宗門勢力と向き合う時を迎えることになるだろう、と家康は考えていた。

それゆえ、己の膝元である西三河の一向門徒が騒ぎ出した、と報せを受けたときも、格別、驚きも騒ぎもしなかった。これは如何なる手段に訴えても、断固、打ち砕き、壊滅させねばならぬ、と家康の肚は決まっていた。

発端は、永禄六年九月、家臣の菅沼定顕が酒井正親の指図に従って、佐崎の上宮寺から兵糧を徴発したことによる。命じたのは家康である。家康は今川に結びついた反松平勢力との戦いに備えて、佐崎に砦を築いた。その兵糧が必要だった。上宮寺がこれを憤って騒ぎ立てた。

三河における本願寺教団は、応仁二年（一四六八）に蓮如が三河に来て以来、勢力が盛んになった。上宮寺の他、針崎の勝鬘寺、野寺の本証寺が中心となって、信仰が三河一帯に広がった。

上宮寺には多量の籾が蓄えられていた。これを借用したい、と定顕は申し入れた。その返答を待たずに、兵に籾を皆に運ばせた。これが上宮寺を激怒させた。

上宮寺は勝鬘寺と本証寺に呼び掛け、三寺は門徒を動員した。武士や百姓に檄を飛ばし、たちまち、千人ほどの門徒が集まった。これを僧徒が指揮して、百人ほどが手に鋤、鍬、棒切れを持って、定顕の屋敷に押し掛けた。定顕は皆に出掛けていて留守だった。彼らは屋敷の小者や女子供に乱暴を働き、諸道具や米粟等の食糧をことごとく運び出した。

これを知った正親は譴責の書状を認めて、上宮寺を問詰した。

〈慈悲を持って心とする僧徒、門徒が罪なき女子供まで打擲するとは何事か。多数で屋敷に押し入り、諸道具、米粟を奪取するのは盗賊である。所存があれば、なにゆえ、岡崎へ訴え出ぬのか〉

しかし、書状を届けた使者は罵倒されて追い返された。そして、僧徒と門徒は一揆の火の手を上げた。

「それがしの不行き届きにより、このような仕儀に立ち至り、まことに申し訳ありませぬ」

正親と定顕は家康の前に深々と頭を下げた。正親は腹を切る覚悟である。四十三歳、長老格で松平家の重鎮の一人である。

「相分かった。兵糧の徴発を言いつけたのはこのおれだ。その方らの咎ではない」

「しかし――」

「で、彼らはなにを要求しておる」

「兵糧徴発を拒否し、しきりに不入権の遵守を言い立てており申す」

と正親が答える。

「そうか」

不入権とは家康の父広忠が上宮寺、勝鬘寺、本証寺の三寺に認めたものだった。領主権力が持つ検断権、つまり捜査、逮捕の拒否と、年貢、諸役の課税免除である。

三河を平らかにするには、この特権をいつまでも認めているわけには行かない。早晩、この権利を取り上げねばならないのは自明のことである。家康が上宮寺からの兵糧の徴発を命じたのは、小手試しのようなものだった。

案の定、反発は厳しいものになった。反家康勢力が背後で糸を引いているのは明白だった。この機を逃さず、三寺の権益と反家康勢力を一掃しなければならない。

「よし、受けて立とう。よい機会だ。奴らを徹底的に潰してしまおうぞ」

と家康は言った。

正親の表情が生気を取り戻した。

「分かり申した。奴らはこの岡崎を目指しましょう。まず、岡崎の守りを固めねばなりませぬ」

「よし。皆を集めよ。軍議だ」

と家康の体も火照(ほて)って来る。

おれは意外に戦好きなのかも知れぬ、と思うときがある。そんなとき、己の体内に清康の血が流れていることを、改めて感じとるのだった。自ら火中に飛び込み、命を賭けて戦う快さを家康は知っていた。

主立つ者が主殿の書院に集まって来た。もう夕暮が近づき、近侍の者が灯檠(とうか)を運んで来る。

松平家は、代々、浄土宗の信徒である。しかし、一族一門の中には一向宗の門徒も多い。むろん、家臣も例外ではない。彼らは急ぎ三か寺へ駆けつけたようだった。

　忠次も一向門徒だったが、信仰より家康への忠誠が第一である。忠次は思いつくまま一向側の主なる家臣の名を挙げた。名の知れた者が多くいる。一揆勢の大将格たる者も数名いた。蜂屋半之丞の名を聞いて、数正が嘆息した。

「いまは、千人ほどが集うておるようですが、まだまだ数が増えましょう」

と忠次は言った。

「何千人になろうとも、討伐しなければならぬ」

と家康は強い口調で言った。

でなければ、松平家は潰れる。

「吉良、荒川が今川に寝返り申した」

今川の豪族だった吉良義昭、荒川義広は、家康に服属していた。

「上野城の酒井も一揆勢に加わりましょう」

と大久保忠世が言う。

酒井忠尚は信長との同盟に強硬に反対を唱えていた。この上野城に本多正信も加わったようだった。

「ご一族一門の中からも、反旗を翻される方々が出て参りましょうな」

家康は小さく笑った。なんだか奇妙に面白くなって来たのだ。

「大掃除、というわけだな」

だが、有力な譜代である忠次、数正、大久保忠世、本多忠勝、植村新六郎家存、天野康景、平岩親吉（ちかよし）などが家康とともに戦ってくれる。家康にはそれで十分だった。

「ならば、作戦はこうだ」

と家康は言った。

二

一揆勢は喊声を上げて岡崎城に迫ったが、さすがに守りの固い岡崎城を攻め倦（あぐ）ねて引き上げて行った。

一揆の火は佐崎、針崎、野寺、桜井等に広がった。針崎は岡崎の南一里になり、佐崎、野寺、桜井は南西にこれも一里になる。酒井忠尚が拠る上野城は岡崎の北西一里半にある。一揆勢の兵力は、武士の他に百姓とその家族の女子供まで加わって、数千にまで膨れ上がった。この機を捉えて、今川が東から攻めて来る。岡崎は四囲から攻撃を受けることになり、日夜、戦いは各所で繰り広げられた。

家康には織田に援軍を依頼する気持など微塵もない。これしきのことを己の力で片付けられないようでは、松平の当主たる資格はない、と思っている。

家康は休む間もなく立ち働いた。報告を受け、作戦を立て、指令を発し、自ら槍を小脇にかいこみ、戦場目指して馬を駆った。勇猛果敢、まるで祖父清康の魂が乗り移ったかのようだった。昔を知る家臣は口を揃えてそう言い、家康自身もそう思った。二十二歳、小太りの体は頑健で疲れを知らない。

十一月二十五日、勝鬘寺の一揆勢が上和田の砦に押し寄せて来た。上和田の砦は大久保一族が守っている。忠世の父忠員を中心にした一族同門、郎党等約二百名という兵力である。

大久保勢は敵来襲の合図である法螺貝を吹き鳴らし、砦を出て小豆坂の上で一揆勢を迎え撃った。敵は大久保勢が小勢であることを知っている。一挙に踏み潰すつもりで坂下まで迫って来た。やたらと鉄砲を撃って来る。一揆勢は軍資金が豊富にある。ずいぶん鉄砲を揃えたようだった。

忠世は十分に敵を坂下に誘き寄せておいて、

「いまだ！」

と合図する。

無数の矢が放たれ、敵が、ばたばたっ、と倒れる。そのど真ん中へ味方が斬り込んで、存分に槍と太刀を振るう。これを二、三度繰り返して、

「退け！」

と忠世は叫んだ。

坂上に長く留まっていれば、いずれ鉄砲の餌食にされる。大久保勢は一斉に砦に退いた。

上和田の砦で法螺貝が吹かれたと知って、家康は真っ先に馬上に身を置くと、

「行くぞ！」

と駆け出した。

家康の基本的な作戦はこうである。上宮寺には鳥居元忠を、勝鬘寺には大久保忠世、そして本証寺は酒井正親に任せた。その上で、岡崎城の四囲に砦を築き、合図

があるたびに、先頭に立って本隊を率いて駆けつける。家康自身が戦場に姿を見せれば、いやが上にも味方の士気は上がる。これは大事なことだが、その分、家康の身は常に危険に晒されることになる。

鉄砲、弓、槍、太刀を使っての戦いとなれば、当然、一揆勢も武士が前面に出て来る。その中でも松平の旧臣が主な役割を担って（になって）いた。そこへ、家康が出て行くと、彼らは微妙に腰が引けた状態になる。それも家康が敢えて危険を冒す理由の一つだった。

家康の馬の脇を若き植村新六郎家存が必死に走り、少し後方には半蔵が付き従っている。小豆坂に到着したとき、周辺の野、田において一揆勢と大久保勢がまさに死闘を繰り広げていた。

ところが、家康の姿を見ると、敵方の旧臣は、家康の目につかない所で戦おうとする。そのため、敵方の戦いが統制のない奇妙なものとなった。

敵の大将格である蜂屋半之丞は剛の者である。三河では知られた槍の遣い手で、背丈があって剛力である。白樫（しらがし）の柄の中程が太くなった三間の槍を自在に使う。この半之丞に水野忠重（ただしげ）が戦いを挑んだ。忠重は水野信元の弟である。今回の騒動に、家臣を引き連れて駆けつけて来たのだ。

が、とてものこと、半之丞の敵ではない。畦道(あぜみち)で突き立てられ、これを躱(かわ)すのがやっとである。それを家康が馬上から望見した。忠重を死なせるわけには行かない。

「待て、半之丞」

叫ぶと、畦道に馬を乗り入れ、ひらり、と下馬する。半蔵が背後を守っていた。

「おれが相手だ」

家康は駿河にあった頃から、武芸の稽古に身を入れて来た。師について槍を習い、太刀は奥山流を会得していた。半之丞と槍を合わせてやる、という気概もあった。

半之丞は上目遣いに家康を見る。にやり、とすると、くるり、と背を見せた。家康につき従っていた松平金助という者が、

「卑怯なり、半之丞、引き返せ」

と半之丞の後を追った。

すると、半之丞は田を出た所で立ち止まり、

「卑怯なものか。ご主君が出て来られたゆえ、槍を引いたまでよ。汝ごときに背を見せたわけではないわ」

と槍をしごいて突き出した。

金助は、二合三合と渡り合ったが、敵う相手ではない。たちまち、胸から背まで突き抜かれて絶命する。

そこへ、再び、家康が駆けつけた。

「許さぬ、半之丞。参れ」

と叫んだが、

「ご免」

と半之丞は首を竦めるようにして逃げ出した。

主君より仏を選んだ旧臣たちだが、心中では主君への思いを捨て切れずにいるのだった。それを思うと、なにやら温かいものが家康の胸を満たしてくれる。

雑木林の中を逃げて行く半之丞の丸めた背を眺めながら、勝ったわ、と家康は呟いた。

その後も同じようなことが幾度も起きた。敵方の旧臣は誰もが、出来る限り家康と出会（でくわ）さないように気をつけて戦った。

この戦いはどこか奇妙なものになって行った。それは一揆勢の旗色が悪くなりだしたことを意味するのだった。こうして、永禄六年の年も暮れた。

三

新年の正月十一日、一揆勢は三か寺が連合して大軍を構成し、岡崎城を目指して進撃して来た。これまでの戦いで、一揆勢は多くの大将格の武将を討死させてしまった。このままでは、家康に踏み潰されてしまう。一挙に片をつける覚悟を決めたようだった。

たちまち、上和田の砦の木戸口まで迫って来た。激しい攻防戦になった。銃弾、矢、小石が飛び交い、次いで白兵戦になる。大久保忠員は鉄砲で肩を撃たれ、忠世も手傷を負った。

このときも家康は真っ先に駆けつけた。半蔵、新六郎、数正も奮戦する。鳥居元忠も駆けつけた。

家康は馬上から長刀（なぎなた）を振るって縦横に敵勢の中を駆け巡る。清康の血がそうさせるようだった。ふと、気づくと、味方の兵から離れて、半蔵と二騎、敵の真っ只中にいた。

「戻りましょうぞ」

と半蔵が言った。

そのとき、

「殿！」

と声を掛けられた。

振り返ると、譜代の土屋重治（しげはる）が槍を構えて、家康を見上げている。家康と半蔵は敵兵に囲まれていた。

「参れ、土屋！」

と家康は叫んだ。

すると、土屋は穂先を地に向け、蒼白になって凝固したように動かない。が、それは一瞬のことだった。土屋は槍を持ち直し、家康に背を見せると、

「許せ」

同志の者に叫んだ。

「この身は地獄に落ちようが、おれは主君の危急を見逃すわけには行かぬのだ」

「裏切るか！」

「許せ、許せ」

土屋は一揆勢に突き掛かり、

「殿、いまの内に――」

と絶叫する。

しかし、土屋を死なせるわけには行かない。躊躇する家康の馬の手綱（たづな）を取ったのは半蔵だった。そこへ、本隊の兵が駆けつけて来た。

「土屋を死なせるな」

と喚いて家康は馬腹を蹴った。

しかし、土屋は一揆勢の刃に掛かり、運び込まれた砦の中で息絶えた。家康は土屋の亡骸（なきがら）に合掌し、この戦は勝った、と改めて思った。

上和田砦の攻防戦は午後になっても続いていた。一揆勢は間断なく鉄砲を撃ち掛けて倦（う）むことがない。この一戦に最後の望みを賭けているようだった。ということは、こちらもこの戦いには勝たねばならない。

家康は一休みして、再び、馬上に身を置いた。もういまでは家康が自ら戦場に出ることを止める者はいない。止めて止められるものでないことは、誰もが知っていた。家康の傍らには新六郎が、背後には半蔵が従う。

「行くぞ！」

声を上げて、家康は木戸口から撃って出る。弾丸が空中を飛び交っているようだった。戦場は小豆坂を中心に広がっている。家康は野の戦場を目指して馬を走らせた。相変わらず先頭を行く。冷たい風が顔面を叩く。

そのときだった。突然、全身に強い衝撃が走った。衝撃は間を置かずに二度来た。家康は見事に落馬し、一瞬、気を失った。

「殿！」

と新六郎が悲痛な声を上げて、家康を抱き起こす。

半蔵が無表情に家康の顔を眺め、

「大事ござらぬか」

と問う。

やっと息が楽に出来るようになった。

「おれは、一体、どうしたのだ」

「弾丸が当たったのでござる」

半蔵は家康の鎧の胸の辺りを撫でた。

「お怪我は？」

家康は立ち上がってみる。別にどこがどうということもない。手足を動かす。大丈夫だった。

「大事ない。馬を牽け」

その間にも弾丸はひっきりなしに飛来する。新六郎が家康の前に立って盾となる。

「ひとまず、お城へお戻り下され」

と言った。

「馬鹿を申せ。行くぞ」

家康は、再び、馬上に身を置いた。おれが死ぬはずがないではないか、と強く思った。いまのおれにはお祖父様が憑依しているのだ。

その日の決戦はついに松平勢が勝ちを収めた。この一揆勢との戦いの行く末を決定する価値ある勝利だった。一揆勢は砦を破ることも出来ず、なに一つ得るものもなく敗退して行った。

家康が帰城したのは夜だった。さすがに身も心もぐったり疲れていた。一刻も早く、具足を脱ぎ捨てたい。小姓の者が手を貸した。すると、胴丸の胸の辺りから二発の弾が転がり落ちた。そこは鉄製の小札を縦横に組み合わせて出来ている。その小札が弾丸の貫通を食い止めたのだ。

傍らに控えていた数正が、その二発の弾丸を見て、

「ひゃあ」

と奇声を上げた。

家康はぞっとしてその場に座り込んだ。不思議な偶然によって、命拾いをしたのだった。そのことが、いま、はっきりと分かった。ということは、その逆もまたある、ということになる。事実、清康も広忠もまったくの偶然によって命を落としている。

武士たる者は常に死とともに生きている。だからこそ、命を賭けて戦うことが出

来るのだ。死を恐れていては、大事はなせぬ。が、それは命を粗末にすることを意味するのではない。命を粗末にしては、大事はなせないのだ。

数正は二発の弾丸を掌の上で転がしながら、

「殿、これからは無理をして下さいますな」

としみじみと言った。

「分かっておるわ」

家康は両手を広げて、ごろり、と横になり、

「腹が減ったぞ。支度せよ。食ったら、おれは寝るぞ」

と小姓に命じた。

四

二月に入ると、上宮寺の一揆勢が無鉄砲にも岡崎城に突入しようとした。が、どこか自暴自棄な様子が見受けられる。そんなある夜、忠世が城へやって来た。家康は居室で眠っていた。少し体を休めようと横になったのだが、たちまち深い眠りに

引き摺り込まれたようだった。忠世は半蔵に案内されて居室に入って来た。

「お休みのところ、お邪魔をしてしまったようで、申し訳ありませぬ」

と忠世は頭を下げる。

「なあに、うたた寝をしてしもうたわ」

「お疲れが溜まっておられるのでござろう」

「馬鹿を言え。大久保一族の疲れほどではないわ」

「畏れ入ります」

一呼吸置いて、

「そろそろではないか、と思われましたので、参上仕り申した」

と忠世は言った。

「うむ。そろそろだな」

「そこで、蜂屋半之丞と会うてみました」

「機は熟したようか」

「御意」

家康は脇に控えている半蔵に視線を向けて、

「半蔵はどう考える」

半蔵は一考し、

「政(まつりごと)には一向に不案内でござるが、多くの有為(ゆうい)の士が死んで行き申した。松平家にとってこれは大きな痛手でござる。これ以上の犠牲は無用ではないか、と」

と言う。

家康は軽く頷き、

「で、半之丞はなんと申しておる」

一揆勢の中にも、帰参を願う者、和議を思う者が多くなった。半之丞自身も帰参を願っている、という。

「しかし、吉良や荒川、上野城の酒井忠尚などにとっては、和議など論外でござろう」

「うむ」

「百姓にとっても、いつまでも田畑を放置しておくわけには参りませぬ。戦いに嫌気が差して来た様子だ、と半之丞は申しておりまする」

「して、半之丞が望む和議の条々は？」

「さればでござる」

一揆勢の望みは、
一、寺僧は元のごとく立て置くこと。
一、敵対した士卒は赦免し、本領を安堵すること。
一、一揆の張本人の命を助けること。
の三か条である、と忠世は言った。

思わず、家康は笑声を上げた。

「半之丞も虫がいいことを申しよるわ」

「皆を納得させるには、半之丞としてもこれくらいのことは言わずばなりますまい。後のことは殿にお任せを――」

「そう申したか」

「いや、口には出しませなんだが、そんなところかと」

家康は、少時、考えて、

「よし、それで行こう」

と即座に結論を出した。

領内の騒乱が続けば、そこにつけ込み、今川氏真と組んで如何なる敵が現れぬとも限らない。長引けば長引くほど、国が疲弊し、兵力も減じて行く。戦費が嵩むのも痛い。信長からも、一揆は早晩に片付けて、一日も早く遠江へ手を伸ばすべきだと言って来た。水野信元も長引く内乱を心配して、和議を勧めている。

「忠次、数正、正親を呼べ」

彼らは直ぐにやって来た。三名が三名とも、和議に異議はない、と言明する。夜食が運ばれて来て、久々に心安らかな宴となった。

「それがしは上和田に立ち帰り、半之丞に伝えてやりとうござる」

と忠世は早々に砦へ帰って行った。

上和田の浄土宗浄珠院において、家康が一揆側の要求を容れた三か条の起請文を与えたのは、二月二十八日だった。ここに和議がなり、一揆は半年で終熄した。西三河は静謐になり、吉良義昭、荒川義広、酒井忠尚は三河国外へ逃れ去った。

それを見届けて、

「頃合いもよし、次なる手を打つぞ。この三河に一向衆の火種を一粒たりとも残して置くことはならぬ」

と家康は宣する。

そして、一向衆の僧及び門徒に改宗を命じた。それは起請文に違反するものだ、と僧も門徒も息巻いたが、家康は耳を貸さない。命に服さぬ僧は追放し、一向宗の諸寺は末寺に至るまで破却した。その財産を没収し、以後、領内では一向宗を禁じてしまった。門徒にはもはや武器を手に戦う気力も戦意も残っていない。後に家康の股肱（ここう）の臣となる本多正信は、密かに三河を抜け出して京へ走った。

領内に本願寺派の寺院が再興されるのは、この二十年後である。


西三河から敵対勢力を一掃して、家康は東三河攻略に全力を傾注することが可能となった。すなわち、一揆平定後の六月、東三河における今川の牙城、吉田城を攻め落とす。ここに、三河一国の平定がなる。家康は僅か四年で、三河の戦国大名となった。

そして、吉田城には忠次を入れて東三河の武士の旗頭とする。一方、西三河の武士の旗頭（はたがしら）を数正と定め、この両名の旗頭の下に、三河各地の領主が組み入れられた。

翌永禄八年（一五六五）、岡崎に三奉行を置いて、民政に当たらせる。民は〈仏のよう高力、鬼作左、どちへんなしの天野三兵〉と言った。すなわち、高力清長は仏のように情け深く、本多作左衛門は鬼のように峻厳であり、天野康景は裁きが公平で、片方に偏ることがない、という意味である。

作左衛門については、こういうことがあった。役人が禁令の高札を立てても、民百姓が一向にこれに従わない。どうすればよいのか、と評議の場で訴えた。それを聞いた作左衛門は、

「民百姓はほとんどが、いろは、も知らぬものだ。堅苦しい文言で高札を立てても、分かるはずがあるまい。やさしい言葉遣いで、仮名で書いてやらねばならぬ。そして、最後に〈これにそむくと作左がしかる〉と書け」

と命じた。

役人がこれを実行すると、民百姓は禁令を守るようになった。

永禄九年十二月、家康は朝廷に奏請して、松平姓を徳川姓に改め、従五位下三河守の官位を得た。一国の主となったからには、他国の諸大名と肩を並べるために、是非とも官位が必要だった。が、これにはいささか苦労をさせられた。

正親町天皇は、どこの馬の骨かも分からぬ由緒なき家康ごときに、官位を与える気持にならなかった。そこで、家康は三河誓願寺の僧慶深を通じて、勅許が下されるように関白近衛前久に頼み込んだ。家康の出した条件は、毎年馬一頭と銭三百貫を贈る、というものだった。それだけではない。慶深を通じて神祇官吉田兼右にも馬を贈ることにした。

吉田兼右は万里小路家の古い記録の中から、一つの系図を見つけ出し、これを鼻紙に書き写して、近衛前久に見せた。それは徳川という家の系図で、最初は源氏で途中で藤原氏に代わっていた。これを鳥の子紙に清書して系図らしき体裁を整え、天皇に提出して勅許を得ることが出来たのだった。

この件で、家康は信長を頼らなかった。信長は信長で、同じような苦労をしていることを知っていたからだった。

とまれ、ここに由緒正しき徳川家が誕生したのだった。

四章　姉川の戦い

一

信長が居城を稲葉山に移したのは、永禄十年（一五六七）九月であった。信長は美濃に侵攻し、斉藤道三の孫龍興（たつおき）を降伏させた。ここに信長の美濃攻略はなり、斉藤家は三代にして滅亡する。信長は稲葉山の井ノ口城に入り、井ノ口の名を岐阜（ぎふ）と改めた。

念願の美濃平定を果たして、信長の名声はさらに高まった。十一月には、正親町天皇が綸旨（りんじ）をもって、隣国美濃の平定を祝福したほどである。合わせて、帝は尾張、美濃両国にある御料所の再興、禁裏（きんり）の修理等を命じた。

信長は哄笑（こうしょう）した。

「帝もなかなかにおやりになるものよのう。が、銭金が掛かっても、お役には立っていただけよう」

と藤吉郎に言った。

木下藤吉郎秀吉は、この年、三十一歳になる。信長に仕えて以来、意表をつく数々の手柄を立てて、信長を驚かせて来た。信長はこの猿に似た面相を持つ藤吉郎を、猿、猿、と呼んで慈しみ育てて来た。側近くに仕えさせて、その異様なほどの才覚を、存分に楽しんでいるようだった。

いまも藤吉郎は小姓のように茶菓の世話に立ち働いている。

「仰せの通りでございましょう」

「いつ頃になるのかのう」

「あと一年でございましょうか」

「うむ」

遅くとも一年後には、入京を果たしたい。それがいまの信長の最大の望みだった。それを可能にするために、打っておかねばならぬ手はなにか。

伊勢と近江である。これを平らかにしておかねば、後顧に憂いを残すことになる。

「帝だけではなく、将軍もお役に立つのではございませぬか」

と藤吉郎が言う。

「なるほど、将軍か」

二年前の五月十九日、室町幕府十三代将軍足利義輝が松永久秀(ひさひで)に弑逆(しいぎゃく)された。それも白昼、幕府の中で事が起こされて、衝撃が諸国に走った。松永久秀は畿内を勢力下に治めていた三好長慶の部将であった。その三好長慶が逝って、久秀はこの暴挙に踏み切ったのである。将軍の首を挿(す)げ替えて、これを自在に操ることを狙ってのことだった。

義輝には二人の弟がいる。一人は奈良興福寺(こうふくじ)一乗院門跡(もんぜき)の覚慶(かくけい)、いま一人は鹿苑(ろくおん)院主の周暠(しゅうこう)である。覚慶は久秀の監視下にあり、周暠はたちまち殺されてしまった。覚慶は越前の朝倉義景(よしかげ)の勧めに従って、密かに一乗院を抜け出した。辿り着いたのは近江で、そこで室町幕府の再興を宣言したのだった。

その後、覚慶は還俗して義秋(よしあき)と名を改め、つい先頃、朝倉を頼って一乗ヶ谷(いちじょうがだに)の朝倉館に身を置いた。

「つまり、将軍義秋がことか」

と信長が問い返し、

「御意」

と藤吉郎が頷く。

「これを担いで入京するか」

「それがよき思案かと思われます」

信長は、少時、口を閉ざして考え込んだ。藤吉郎は、ひやり、とする。またやってしまったか、と思う。家臣たる者が訊かれもせぬのに、ぺらぺら、と己の意見を開陳（かいちん）して主を感心させる。こういうことを繰り返していては、いずれ、主の疑惑を招くことにもなりかねない。ましてや、主は剃刀（かみそり）のように鋭敏な信長である。

しばらくして、

「よし、その手で行こう。その方、遺漏（いろう）なきよう手配（てくば）りいたせ」

と信長が言った。

「ははっ」

と藤吉郎はその場に平伏する。

永禄十一年（一五六八）九月七日、信長は将軍を推戴し、京を目指して岐阜を出立した。名を義秋から義昭に改めた将軍から御内書が届いて、信長は上洛の大義名分を得た。事前に六角義賢の協力を求めたが、三好三人衆と結んでいる六角には拒否された。さらに朝倉義景にも来会を求めたが、義景も応じなかった。よって、戦備を調えた大軍による入京となった。

大軍は尾張、美濃、伊勢、そして三河の兵によって構成された。要請を受けた家康は、代理として松平信一を遣わした。三河の兵が先陣を承った。

この大軍の前に、抵抗する者はほとんどない。六角は逃亡し、京の三好三人衆も京から退いた。松永久秀はいち早く人質を差し出して、信長の傘下に入っていた。そして、二十六日、信長は京の地に立った。義昭は清水寺に入り、信長は東寺に本陣を置いた。

戦勝を祝う人々が東寺に押し寄せて来た。連歌の宗匠で名高い里村紹巴もやって来た。名医として名の知られた半井驢庵も顔を見せた。上京、下京の年寄どもも様々な捧げ物を持ってやって来て、京都が無事に治まっているお礼を述べた。

こうした訪問客を巧みに捌けるのは、藤吉郎しかいない。

「殿、これでは身が幾つあっても足りませぬ」

と愚痴って信長を笑わせた。

紹巴は末広がりの扇二本を台に載せて捧げて来た。そして、

「二本（日本）手に入る今日の悦び」

と口ずさむ。

これを受けて、信長は即座に、

「舞遊ぶ千世万代の扇にて」

と付句をした。

紹巴は絶句した。信長は猛々しい武将とばかり思っていたが、連句にも通じている。さらに、これからの政治について、万民が舞い遊ぶことの出来る世にしたい、と言っているのだった。それを鵜呑みにすることは出来ないまでも、差し当たっては、京は安泰である、と年寄どもは安堵した。

信長軍は雪崩を打つように摂津へ侵攻し、たちまち、これを制圧する。

十月十八日、義昭は征夷大将軍に任じられ、本圀寺を館とした。

二十四日には深い感激を持って御内書を信長に送って、感謝の意を伝えた。

〈――武勇天下第一也――御父織田弾正忠殿〉

これを受け取った信長は、このような拝受は恐れ多く憚りもある、としてこの御内書を返上している。つまり、信長は将軍の下風に立つつもりなど毛頭ないことを、明らかにしたのだった。

この前日にも、信長と義昭の間に行き違いがあった。義昭は戦勝を祝って観世大夫を召し出して、能十番を舞わせようとした。これを知った信長は、

「諸国はいまだ干戈が止んでおり申さぬ。この京にもいつ敵が攻めて来ぬとも限りませぬ。その危険をお忘れになって、悠々となされていては、兵どもがなんと思うか。彼らは一日も早く国に帰って寛ぎたい、と願うておるのです」

と義昭を諫めて、能十番を五番に縮めさせた。

義昭は不快な表情を隠そうともしなかったが、気をとり直して、

「信長殿は世に隠れもなき小鼓の名人と聞く。今宵の宴の席で、われにも聞かせて下されぬか」

と機嫌をとるように言った。

信長は一言の下にこれを辞退した。

さらに、宴が始まると、義昭は信長を副将軍に任じたい、と言い出した。当然、信長はこれを固辞する。その顔には、まだ分からぬのか、という表情がありありと浮かんでいた。

もちろん、義昭には分かっていた。自分を将軍にしてくれたのは信長である。しかし、天下の政を司るのは将軍であり、信長はその命を受けて忠実に働くべきものではないのか、と考えている。

その上、義昭は自分が政治に通じており、天下の諸将を手足のごとく動かし得る才覚も備えている、と信じていた。だから、信長に推戴される以前から、御内書をあちらにもこちらにも下して来た。上杉、武田、朝倉、毛利などその数は驚くべきものである。

そうしたことから、信長と義昭の間の不和は次第に深まりつつあった。しかし、信長は己なしには義昭が自立し得ないことを見抜いていた。

年が明けた正月十四日には九か条の事書を、さらに追加の七か条の〈殿中御掟〉を信長の名で制定し、義昭に花押をさせた。内容は義昭の行動に制約を加えたものである。同時に、それは足利幕府が信長の傀儡に過ぎないことを明らかにしていた。

事書の中には、例えばこういうことが記されている。

奉行衆が政務について内奏することを禁じ、奉行衆に意見を問われても、是非の判断をしてはならない。

諸門跡、坊官、山門衆、医師、陰陽師などがみだりに祗候してはならない。ただし、足軽や猿楽はこの限りではない。

この〈殿中御掟〉は義昭の自尊心を大きく傷つけた。義昭は己の手に天下を掌握したつもりだったのである。

二

まるで窖へ落ち込むように、家康は眠りに入った。こうなると、もはや滅多なことでは目覚めない。

それでよい、と家康は思っている。それが二十七歳になる若き戦国大名の眠りだった。考えねばならぬこと、思い悩むこと、決断を迫られていること、それらは数え切れぬほどある。眠らずに朝まで思索に耽っても、片がつくものではない。ならば、眠るときは前後不覚に眠らねば、なんのための眠りか分からぬではないか。

いつだったか、半蔵が枕元に立っても目覚めぬ夜があった。半蔵は家康を揺り起こして、必要な報せを伝えた後、

「殿は敵の細作に寝首を掻かれなされても、閻魔大王の前に引き出されるまで、お気づきになられませぬかも知れませぬな」

にこり、ともせずにそう言った。半蔵の言葉には、どこか油断を諫める気配があった。

「そうかも知れぬな」

と家康は笑った。

半蔵は黙っている。

「おれの首が心配か」

「いいえ。そのようなことは断じてありませぬ」

「そうだろう。半蔵がいる限り、おれの首は心配ないわ。だから、おれは心行くま

で眠れるのよ」

と家康は言ったものである。

今宵も同じだった。暖かい寝具に包まれて熟睡していた家康は、半蔵に起こされた。信長が上洛を果たした年の十二月十一日の深更（しんこう）である。

「武田が動き申した」

「そうか」

家康が身を起こすと、素早く小姓が入って来て、家康に具足（ぐそく）を着けさせる。

「駿府が落ちるのはいつ頃になるのかな」

「信玄は甲府を発し、一路、薩埵山（さったやま）を目指しており申す。駿府は数日内には落ちましょう。長くて十日」

「ならば、われらも数日内に遠江を制圧してしまうか」

「御意」

「これより、直ちに出陣する。皆に伝えよ」

この機を捉えて、一気に遠江を攻略しなければならない。

「はっ」

と半蔵は寝所を出て行った。

家康と信玄の間には、すでに〈駿・遠国切(くにき)り〉の密約が成っていた。大井川を境界として、東の駿河は武田が、西の遠江は家康が切り取る、という誓約である。

これを提案して来たのは信玄だった。この年、信玄は四十八歳になる。武田氏は鎌倉以来の名門戦国大名である。信玄は父信虎(のぶとら)を追放して家督を掌握した。その知謀と武勇は広く知られ、信玄を山に囲まれた甲斐一国だけでは満足させなかった。四囲へ兵を進め、信濃の諏訪頼重(すわよりしげ)を滅ぼす。その娘に産ませたのが武田勝頼で、四男になる。のち、この勝頼が家康を苦しめることになる。

信玄は宿敵越後の上杉謙信(けんしん)と前後五回戦うが、決着はつかない。しかし、信玄の名を高めたのはその武だけではない。信玄が制定した『甲州法度(はっと)之次第』二十六か条は領国支配の規範とされている。家康もこれに目を通していた。

その信玄の発案で成ったのが〈駿・遠国切り〉である。交渉に当たったのは石川数正だった。だが、相手は信玄である。どこまで信じられるのか、それは分からない。

今川氏真には信玄に対抗する力はない。政治は寵臣三浦義鎮(よししげ)に委ねた切りで、相変わらず遊蕩三昧(ざんまい)に耽っていた。今川には恨みもあれば恩もある。とはいえ、もはや腐り切った今川が滅びるのは自然の理である。ならば、信長が勧める東進を進めるまでだ、と家康の肚は定まっていた。

十二日早暁、徳川軍は遠江への侵攻を開始する。信長に送った三河の兵はまだ戻っていない。よって、兵力は十分とは言えないが、今川の抵抗など知れたものである。

家康は遠江伊奈佐郡の井伊谷三人衆に本領安堵と加増の誓書を与えて、彼らを今川から徳川に寝返らせた。これに働いたのは酒井忠次である。そして、彼らに先導させて、遠江への侵略を進めた。

一方、武田軍は駿河に雪崩れ込み、たちまち駿府城に迫る。氏真は這々の体で城を抜け出し、遠江の掛川城に逃げ込んだ。その掛川城を目指して、徳川軍は進軍する。

ところが、浜名郡気賀近辺の地侍や寺社、百姓までが加わった一揆が起きる。これが徳川軍の進路を妨げた。

「どうやら、武田の者が一揆を煽動したようでござる」

と半蔵が言った。

武田には竹庵と呼ばれる手練の細作がいる。彼がこの一揆の首謀者である、と半蔵は言う。

「信玄も下らぬ小細工をするものよのう」と家康は笑った。

「如何いたしますか」

「構わぬ。捨ておけ」

「では、船で？」

「そうよのう」

家康が考え倦ねていると、一揆勢の中から名倉喜八という地侍が馳せ参じて、先導してくれることになった。こうして徳川軍は喜八の才覚で東海道に出て、浜名湖を船で渡った。

家康の侵攻を知った今川の家臣は、続々と家康に降って来た。彼らは、喜八が許されて家康のために働いていることを知って、安心して寝返るのだった。家康は彼らを許して受け入れ、即戦力として使った。よって、刑部、白須賀、宇津山の諸城を易々と抜くことが出来た。そして、十八日、家康は引馬（浜松）城に入る。

信玄は使者を寄越して、家康の機敏な行動を絶賛し、早々に掛川城の氏真を攻めるべし、と言って来た。あくまでも、この〈駿・遠国切り〉の策謀は、信玄が主導権を握っていることを、明らかにしたいようだった。

「信玄は殿を見縊(みくび)っているようでござるな」

と大久保忠世が憤慨する。

「まあ、よいではないか」

と家康は笑う。

信玄の言動にはどこか児戯(じぎ)に等しいところがある、と思われる。信玄ほどの人物ゆえ、当然、その胸中には天下がある。それが信長に先を越されて、じりじりする焦りがあるのかも知れない。あるいは、老耄(ろうもう)の気配が見え始めたのか。

「ともかくも、次は掛川城だ」

「御意」

掛川城は逆川(さかがわ)を配する龍頭山(りゅうとうざん)に築かれている。信玄に追われた氏真は、この城に逃げ込んで、城主朝比奈泰朝(あさひなやすとも)に迎えられた。

家康は、年明け早々、掛川城攻めに掛かった。城近くの天王山に本陣を置いて、城の四囲を包囲する。しかし、城は地の利を得ており、朝比奈一族には剛勇の士が多い。城兵は五千余に上る。激しい攻防戦が続いた。

正月二十二日の夜には、天王山の本陣が狙われた。この城方の奇襲作戦は、事前に半蔵が察知して、本陣手前で壮絶な白兵戦が展開された。敵味方双方に多くの戦死者を出して、戦いは夜明けまで続いた。家康自らが出馬して、槍を振るったほどだった。

徳川軍は大手、搦手（からめて）、さらに他の出入口からの突入を試みるも、撃退される。城からも幾度となく討って出て来たが、包囲の輪に揺るぎはない。

「掛川城はわれらにとって大事な城になる。焼失させることは出来ぬ」

家康は一息置いて、

「が、焦ることはない。厳重に包囲さえしていれば、いずれ、城の兵糧も尽きる。五月まで待てば片がつく」

と言った。

ところが、そんな攻防戦の中、武田の武将秋山信友（のぶとも）が、突如、信濃から南下して来て、見附まで侵入して来た。さすがの家康もこれには激怒した。

「遠江攻略は徳川に任せながら、このやり口は何事か」

と数正を駿府に派遣して、厳しく信玄に抗議した。

信玄は家康宛の書状を認めて陳謝する。その書状の中で、氏真を一日も早く屠ることを指示していた。

五月に入ると、城内の将兵は飢餓に苦しむようになった。ぼつぼつと餓死者も出て来た。そして、朝比奈ら重臣の間で、徳川との和睦のことが話し合われるようになった。

掛川城に援軍が来る望みはまったくない。このままでは、全員が餓死することは必定である。もはや、和睦以外に道はないのではないか。しかし、主氏真の命だけは、なにを犠牲にしても守り抜かねばならない。果たして、これを徳川が受け入れるのか。評定は幾度も繰り返されたが、結論は出ない。

そうした状況を半蔵は着実に察知して、逐一、家康の耳に入れる。

「よし、和睦で行こう」

と家康は決意した。

遠江制圧にいつまでも時を掛けているわけには行かない。これが長引けば、間違いなく信玄が介入して来る。家康は石川家成を呼んで、

「その方、今川と和睦のことを進めよ」

と命じた。

家成は数正の叔父に当たり、三十六歳になる。

「心得ました。して、殿のお望みは？」

「掛川城と遠江一国、それでよい」

「他には？」

「ない」

家成は黙って家康の顔を見つめた。氏真を生かしておいてよいのか、と問うているのだった。もはや、氏真などになんの要もなかった。遣い道もないし、毒にもならない。

「伊豆辺りにでも送ってやれば、北条がなんとかするだろう」

今川と北条は姻戚関係にある。

「分かり申した」

と家成は深く頷いた。

「和睦後、今川の将兵がこの家康に仕えるなら、喜んで引き受ける。それははっきりと申し伝えよ」

「お任せ下され」

「数正にも手伝わせるがよい」

「はっ」

家成と数正は二度城中に入って、朝比奈泰朝らと面談し、和睦が成った。

五月六日、氏真は船にて小田原へ送られ、無事、伊豆戸倉に到着する。その道中を、今川の旧臣の他、徳川の将兵も警護した。

ここに、中世以来、東海の雄を誇った今川氏が滅亡する。

掛川城は無傷で明け渡され、二十二日、家康は城に入った。新しい城主は、この度の働きが評価されて、家成と決まる。

こうして、家康は遠江一国をわが手に収めた。多くの今川の将兵が軍団を率いてその旗下に入った。徳川の軍事力は飛躍的に大きくなった。

三

信長が将軍義昭と決定的に断絶したのは、伊勢平定を報告したときだった。信長の次なる課題は四国の阿波と讃岐を平らげることだった。ところが、義昭は御内書を毛利元就に遣わして、そのことを依頼してあったのだ。信長は席を蹴立てて岐阜へ帰った。

この決裂に心を痛めたのは正親町天皇だった。帝は女房奉書を認めて、信長に見舞の言葉を送ったほどである。止むなく、信長は元亀元年（一五七〇）正月二十三日、和解の条件を書き記して、義昭に承認を迫った。

一　将軍が諸国に御内書を出すときは、必ず信長の添状を付すること。
一　従来の御下知はことごとく破棄し、よく思案の上にて相定めること。
一　天下の儀は信長に委任した上は、信長の分別次第に成敗すること。

などの五か条である。

義昭は完璧に将軍の面目を失墜させられてしまった。その遺恨は大きく、義昭は胸中深くに信長への叛意を秘し隠した。

それを知ってか知らずか、二月三十日、信長は岐阜を発って京に入った。家康も招かれ、遅れて入京する。信長は医師の半井驢庵の屋敷に宿泊し、家康は茶屋四郎次郎清延の邸宅を宿とした。信長の許には公家や畿内隣国の面々が続々と訪れ、その贈物は門前市をなすほどだった。

信長の政治的地位が一躍高まったことは、誰の目にも明らかだった。次なる目標は越前の朝倉義景である。信長が将軍のために二条の館を造営したとき、義景に上洛を求めた。義景はこれを無視した。それどころか、信長の侵攻に備えて、敦賀に金ケ崎城と天筒山城を構えた。にべもなく拒否したのである。

四月二十日、信長は軍勢三万余を率いて朝倉討伐に京を発した。公家衆の従軍もあって、貴賤男女、僧侶の見物が大勢これを見送った。二十五日には、朝廷の内侍所で千度祓いの祈りがあって、信長の戦勝が祈願された。当然、家康にも出陣の依頼があった。朝倉と浅からぬ関係にある近江の浅井長政にも、信長は出陣を求めた。

こういう事態を見込んでか、信長は浅井長政と誼を通じていた。すなわち、三年前、信長は妹のお市の方を長政に輿入させている。そのとき、お市の方は二十一歳、才色兼備の女性として広く知られていた。長政は二歳年上である。

内侍所で戦勝祈願された二十五日、徳川軍は織田軍とともに手筒山城を難なく攻略する。続いて、金ケ崎城も抵抗らしい抵抗もなく、城兵が退去してしまう。まことに呆気ない勝利だった。

「朝倉の兵とは、かように弱きものでござるのか」

と忠次は訝ったものだった。

徳川の陣所で、篝火が赤々と燃え立っている。

「どうも妙でござる。弱過ぎはしませぬか」

と言ったのは半蔵だった。

「結構ではないか。弱き敵も強き敵も、打ち砕くまでじゃ」

これは本多作左衛門である。

家康は黙って聞いている。いまでは、これほどまでに信長の名が敵兵の心を怯ませるのか、と思った。

「信長様は、この勢いのまま木の目峠を越えて、朝倉の本城一乗ヶ谷を急襲なさるおつもりだ」

と家康は言った。

その頃、信長は浅井長政の着陣が遅いことに不審を抱いていた。長政は海津まで出兵して来たが、そこに留まったままだった。松永久秀がこれを疑って、信長に帰陣を勧めたほどである。が、信長は妹婿を信じたかった。

ところが、二十九日になって、長政と六角義賢が朝倉に与力する、という情報が飛び込んで来た。朝倉と長政が信長を挟撃する作戦である。それでも、信長はまだ長政を疑う気になれなかった。

ちょうどそこへ、お市の方から信長に越前在陣の見舞の品が届いた。それは文ではなく、袋に入った小豆（あずき）だった。陣中で菓子を作って召し上がれ、という口上が使者の口から伝えられた。信長はその小豆の袋を握り締めて、さっ、と顔色を変えた。細長い小豆の袋は、両端が紐で固く縛られている。

「猿を呼べ」

信長は駆けつけた秀吉に袋を見せて、

「市が寄越した陣中見舞だ」

と言った。

「これは――」

と秀吉は口籠（くちご）もる。

「浅井、謀叛！　朝倉がわれらを越前深くに誘い込み、長政が退路を断つ企みじゃ」

「——」

「直ちに全軍、撤退。その方、しかと殿（しんがり）を務めよ」

と信長は秀吉に命じた。

秀吉が返答する間もなく、信長は騎乗すると、真っ先に馬を走らせた。慌てて側近の者が後に続く。信長は家康になんの連絡もなく、途上、蜂起する郷村民の一揆を自ら斬り払いつつ、ひたすら京を目指した。

浅井、六角の兵を避けるため朽木（くちき）越えで走り、三十日夜半、這々の体で京に辿り着いた。供の者は僅か十名ばかりだった。信長、九死に一生を得た、生涯の不覚であった。

信長が戦場を離脱したことを家康が知ったのは、全軍、撤退の命が伝達されてからだった。時すでに遅く、朝倉勢が鉄砲を撃ち掛けて反撃に転じて来た。家康は自ら一隊を引き連れて、秀吉の許に馳せ参じた。

三万からの軍団が無事に撤退するのは、極めて困難な軍事行動である。敵に背を見せるということは、攻撃力が皆無になることを意味する。逃げるのだから、心理的にも気力が半減している。それを一兵でも無事に退かせるには、殿が追撃して来る敵を一刻でも長く食い止めねばならない。その困難な役目を秀吉は負っていた。

朝倉勢の追撃を迎え撃つため、秀吉は金ケ崎城を出て、絶好の場を選んでいた。街道が狭く曲がりくねり、両側が深い断崖をなしている。これでは、敵は迂回することが出来ない。

秀吉勢はさかんに鉄砲を撃ち返して、必死に敵の進撃を防いでいた。家康は岩陰に身を潜めている秀吉に近づいて、

「お手伝いいたしましょう」

と言った。

「なにをされておる。ここはそれがしに任せて、早々に引き上げて下され」

「そこ許(もと)の兵だけでは、持ち堪えられぬでしょう。わが兵――」

「無礼者！」

秀吉は怒声を発した。

「このおれをなんと心得おるか。いやしくも殿より殿(しんがり)を仰せつかった羽柴藤吉郎秀吉であるぞ。他国の兵の助けを借りたとあっては、殿に顔向けが出来ぬわ」

「しかし——」

「黙れ！」

その間にも、銃撃戦は続いていて、秀吉の兵がばたばたと倒れて行く。徳川の兵も家康の命を待たずに応戦し始めた。

と、突如、朝倉勢が一挙に斬り込んで来た。これに秀吉の兵も家康の兵も応戦し、狭い山道で白兵戦が展開された。

「頼む」と秀吉が言う。「殿はおれによき死場所を見つけて下されたのよ。それを家康殿に横取りされては堪らぬ。お退き下され。後生だ」

秀吉は本気でこの越前の山道で死ぬ覚悟のようだった。

「相分かった。邪魔はいけませぬな」

「そうよ。人のやりたいことを邪魔しなさるものではないわ」

家康は笑った。なんだか清々しく気持がよい。生き続けるばかりが人の一生とは言い切れないことを、秀吉は教えてくれたのだ。

家康は腰を上げた。白兵戦は、味方が敵を追い払って片がついたようだった。再び、敵は鉄砲に頼り出した。弾丸が頭上を飛び過ぎる。家康は太刀を抜いて、高々

と振り上げ、

「退くぞ！」

とわが兵に叫び、秀吉を見下ろして、

「また、京でお会いいたそう」

と言った。

皺の多い秀吉の猿面がくしゃくしゃに崩れた。笑っているのだった。この年、秀吉は三十四歳になる。家康は二十九歳である。

この殿戦で、秀吉の名が、一躍、高くなった。


京に逃げ帰った信長は、五月九日、岐阜へ向かった。朝倉攻めは不様な敗北に終ったが、秀吉の働きで、それほどの損害は受けていない。家康も無事に三河へ戻った。近い内に必ず朝倉、浅井攻めを再開しなければならない、と信長は決意を新たにする。それが出来なければ、天下統一は遠い先になる。

しかし、現状では、岐阜へ戻るのも容易ではなかった。六角義賢が甲賀(こうか)で兵を挙げ、長政は鯰江(なまずえ)城を固め、処々方々(しょしょほうぼう)に一揆勢が蜂起している。信長は柴田勝家(かついえ)など諸将を要所々々に配し、稲葉一鉄に路次を警護させて千草越えの経路をとった。

その千草山中でのことである。一発の銃声が轟いて、弾丸が信長の小袖脇を掠めた。信長は無事だった。狙撃者は鉄砲の名人と言われた杉谷善住坊で、六角義賢の依頼を受けてのことだった。二十一日、信長は無事岐阜に帰り着いた。

この報を受けたとき、家康は一つの感慨に捉えられた。よかった、というのが最初の思いだった。いま、天下統一の先頭を走っているのは、間違いなく信長である。その信長が斃れたなら、天下が静謐になるのはずっと先になる。すると、どうなるのか。家康には想像もつかないことである。

善住坊は十二、三間の距離から発砲した、という。名人たる狙撃者が、なぜ、外してしまったのか。そこには、誰の意思も働いていない。一瞬の風が吹き抜けたのか、足下を小動物が走り去ったのか、狙撃者の体調が悪かったのか。一つの偶然が信長の命を救ったのだった。

つまり、信長も家康も、いつ命を落としても不思議はない、ということである。それでも、信長も家康も明日に望みを託して今日を生きている。それは、一体、なにを意味するのか。

換言すれば、歴史は、人間の意思の上に偶然が働いて、作られて行くのものであるらしい。その偶然が、いつ、どのように働くのか、誰にも分からない。それでも、人間は意思を持って生きて行く。なんだか儚(はかな)いことだが、そこに人間の誇りがあるような気もする。このことは、人が肝に銘じておかなければならない真実ではないのか、と家康は考えた。

四

浅井長政が拠る小谷(おだに)城は、標高約三〇〇メートルの小谷山に築かれている。伊吹山地の西側に位置し、虎御前山(とらごぜやま)など幾つもの山塊に囲まれていた。西と南には湖北平野が開け、琵琶湖の北部に対している。

信長が小谷城攻めに掛かったのは、六月二十一日だった。家康も出陣を要請された。織田軍は近江国境の浅井方堡塁(ほるい)を難なく潰し、城下及び江北一帯に火を放って、小谷から二里南にある横山城を囲んだ。横山城は浅井にとって、湖東への入口を守備する重要な城である。

信長は、越前での敗北からの一か月、陣容の立て直しに力を注いで来た。重視したのは鉄砲の増強である。このため、秀吉は幾度も堺へ足を運んだ。

小谷城が難攻不落の名城であることを、信長は承知している。浅井の背後には、朝倉が控えていることも分かっている。信長の狙いは浅井、朝倉の連合軍をこの湖北の地に誘（おび）き出すことにあった。誘き出して、織田と徳川で一挙に壊滅する。それが無理なら、彼らに甚大な被害を与える。そのための横山城攻めだった。

果たして、長政率いる浅井軍と、これを救援する朝倉軍が姉川（あねがわ）に出陣して来た。これを織田、徳川両軍が迎えた。姉川は小谷城と横山城の間を流れている。

二十八日払暁、両陣営は姉川を挟んで対峙した。朝倉軍一万五千、浅井軍三千、対する織田軍三万五千、徳川軍五千の陣容である。昨夜の軍議の席上で、

「大軍の敵、朝倉は織田が引き受け、徳川殿には浅井をお願いしたい」

と信長は言った。

「なんなりと仰せの通りにいたしましょう。敵の多寡（たか）など、論外でござる」

と家康は答えた。

それは本心だった。信長のためなら、なんでもしなければならぬ。それが家康の

固い決意である。信長がいなければ、いまの家康はない。その事実は終生変わりようがないのだ。勝敗は時の運、と言われる。それは偶然が支配することを意味する。敵が多いか少ないか、それは問題にはならないのだ。

ところが、陣立が終った頃、信長の使者が駆けつけて来た。織田は憎っくき浅井を討つことにする、徳川は朝倉に向かうべし、と使者は信長の命を伝えた。しかし、朝倉は大軍、援軍が必要なら、幾らでも出すゆえ遠慮なく申されよ、と言う。

「心得申した。援軍のことは必要ござらぬ」

と家康は言った。

織田の兵に命を下して、手足のごとく働かせるのは難しい。それは意外に厄介なことでもあるのだ。

信長の言動にはこうした気紛れが常にあった。信長にはそれなりの理由があるのだろうが、傍目には移り気としか思われない。家康は慣れていた。

「この場に及んでの陣替えとは、気紛れが過ぎましょうぞ」

と忠次は激怒した。

家康はそれを無視して、素早く陣を移動させた。朝靄(あさもや)の中を、ひたひた、と迫って来る朝倉の軍兵の気配を嗅ぎつけたのは半蔵だった。

「参りましたぞ」

と家康に告げた。

川の流れの中に人馬が渡河して来る音が次第に大きくなって来る。この辺りは川幅は広いが、水は浅く、容易に渡って来られるのだ。

これを迎え撃つ徳川軍の陣立は、本隊とほか三隊から成っている。各隊はさらに幾つかの小隊に分かれていた。第一隊の将は酒井忠次、石川数正は第三隊を預かる。

家康は床几から立ち上がると、さっ、と采配を振った。

「おう！」

と忠次が喊声を上げ、先陣が人馬もろとも川へ乗り込む。

同時に、敵方にも鬨の声が上がって、鉄砲が火を噴く。ここに、姉川の戦い、が開始された。

すでに、夜は明けたが、靄はいまだ白く視界を閉ざしている。

川の中では、ひとしきり鉄砲を撃ち合うと、たちまち白兵戦となった。人馬が駆け巡り、槍が虚空を切り裂き、太刀と太刀がぶつかり合って火花を散らす。気合、怒号、叫び、悲鳴、痛罵が入り交じって、血が飛び、流れて、一帯は修羅の巷と化した。

これに、敵味方ともに二陣が突入し、士が討たれ、卒が斃れる。互いに敵勢を押し返して、敵陣へ突入しようとする。押し押され、討死する者がごろごろと転がり、戦場が広がって行く。

朝倉軍の方が兵力では圧倒的に勝っていた。次々と兵を注ぎ込んで来て、徳川軍は次第に押され気味になる。陽が昇り、靄も消え、見渡す限り、命のやりとりに狂奔する将兵の海となった。

家康は敵味方の動きを冷静に見つめて、巧みに兵の出し入れを計る。一時、休ませて、再び、戦場に送り込むこともある。決して慌てない。怯むこともない。ましてや、勝ちに驚喜することもなかった。

朝倉軍は数を頼んで一直線に突き進んで来る傾向にあった。この一線を横から突き崩す戦法で、これを撃滅する。

それでも、一時、朝倉軍に本陣近くまで押し寄せられ、家康は槍を手にしたこともあった。これを本隊の大久保忠世の隊が奮迅して押し返す。

　この戦いには本多正信も加わっていた。正信は一向一揆の後、三河を出奔して加賀へ走った。だが、活躍の場を見い出せずに諸国を流浪する。忠世がそんな正信の才を惜しんで呼び寄せ、正信は帰参を願い出たのだった。

「よう戻って来てくれた。礼を言うぞ」

と家康は正信に言った。

正信は黙って頭を下げている。

「よろしく頼む」

正信は顔を上げることもなく、肩を震わせ、声もなく泣いているばかりだった。

この後、正信は家康の信頼厚い側近として、徳川家を守り立てる重要な人物の一人となる。この年、三十三歳だった。

しかし、正信は帰り新参として奮闘しようとしたが、危うく殺されるところだった。武芸の才はからきしない。正信を救ったのは佐橋吉久という本隊の武士だった。

　戦いは四刻半（九時間）に及んだ。ついに、徳川軍は朝倉軍を潰走させた。その頃、織田軍は浅井軍の猛攻に、備えの十一段まで切り崩されていた。先頭切って攻めて来るのは長政自身だった。

織田軍の敗勢を知った家康は、疲労困憊(こんぱい)している徳川兵を奮い立たせて、浅井軍の側面に突入させた。これは浅井軍にとっては予想外の奇襲で、攻撃の隊形が脆(もろ)くも崩れた。

「退け！」

と長政が悲痛な叫びを上げる。

いま、一歩のところまで信長に迫っているのだった。この機を逃せば、恐らく次はない。長政にはそのことが分かっていた。が、徳川兵は尾張兵とは比較にならぬほど剽悍(ひょうかん)揃いである。これを蹴散らして信長に迫ることは難しい。すでに、朝倉軍は潰走(かいそう)してしまった。

「退け、退け！」

と長政は、再度、血を吐く思いで叫んだ。

浅井軍は、一路、小谷城目指して退却して行った。

姉川の戦いは終った。織田、徳川軍が浅井、朝倉軍を破ったのだ。しかし、勝者の織田、徳川両軍の討死した者は、敗者の浅井、朝倉両軍のそれに匹敵するほど多くなってしまった。

家康の視界に映ずる戦場の有様は悲惨なものだった。敵味方の戦死者が累々と転がっている。川の流れの中に、対岸一帯に、そして此岸(しがん)にも。川の流れは人血で赤く染まっていた。死者の数は数え切れないのではないか、と思われる。恐らく、何千人にも上るだろう。家康は身震いした。また、生き延びることが出来た、としみじみ思う。

味方の将兵が次々と本陣に戻って来た。槍を杖にして足を引き摺(ず)っている者、同僚の肩を借りている者、戸板で運ばれて来る者、疲労から重い足をやっと前に運んでいる者。が、彼らの血に塗(まみ)れた表情は一様に明るい。それは勝者の晴れやかな顔だった。

「殿！」

「殿！」

それ以上の言葉は彼らの口から出て来ない。言わずとも、殿には分かっている、と彼らは誰もが知っているのだ。

「おう！」

「無事だったか！」

と家康は答える。

なぜか、目頭が熱くなって来た。

信長は長政を深追いすることなく、横山城を降伏させただけで満足した。横山城には秀吉を入れて守備させた。

この姉川の戦いは、家康の武将としての力量の大きさを天下に知らしめることになった。信長は三万五千で三千の敵に対し、家康は五千で一万五千を引き受けたのだ。つまり、織田軍は十一人で一人の敵を迎え、徳川軍は一人で三人の敵に立ち向かったことになる。

それは、信長との関係においても、家康の立場を変えることになった。むろん、家康にそのつもりはない。信長に向かう態度にも変わりはなかった。しかし、徳川の将兵が織田の将兵を見る目に、変化が生じたことは否(いな)めない。それを、殊更(ことさら)、将兵に注意するのもおかしなものである。

家康は己がなんだか奇妙な立場に立たされたことに戸惑いを覚えた。参ったな、と心中に苦い呟きを洩らした。

五章　三方ヶ原

一

「信玄ごときに、わが枕を踏み越えさせることなど、出来ようか」

と家康は叫ぶように言った。

浜松城、本丸居館での軍議の席上である。

心底、腹が立つ。家康には、わが領国にずかずかと踏み込んで来る信玄を、追い払う気概も自信もあった。決して城から出るな、と信長は忠告して来た。このときばかりは、わが徳川の兵は尾張兵とは違うわ、と心の中で叫びを上げた。酒井忠次や石川数正、大久保忠世までが籠城を口にする。しかし、家康の決意に変わりはない。

元亀三年（一五七二）十二月二十七日、武田信玄が三万の兵を擁して、天竜川沿いに北から遠江に侵入して来た。これを迎え撃つ徳川の軍勢は、徳川軍五千に織田の援軍三千、合わせて八千である。家康の固い決意を知った信長が、援軍を送って来たのだ。家康は武田軍を粉砕すべき戦場を、浜松城の北方に広がる三方ヶ原と定めた。

姉川の戦いの後も、信長は忙しい。伊勢長島の一向一揆の討伐、小谷城攻め、比叡山の焼討等、東奔西走して来た。

その間、家康は信玄の不穏な動きから目が離せなかった。遠江の高天神城や東三河の吉田城などが攻められた。

信玄の心中には、当然、天下がある。そのためには、なによりも上洛を果たして、京を制する必要があった。それを信長に先を越された。信玄は焦っていたに違いない。そこへ、足利義昭からの御内書がしきりに送られて来る。こうして、信玄は上洛の決意を固めたようだった。

「信長様は信玄との決戦を覚悟しておられる」

と家康は言った。

しかし、いまや信長は畿内の敵に手一杯の状況にある。

「とすれば、一日でも二日でも信玄の西上が遅れ、兵が百でも二百でも減ずることが望ましいのではないか」

「それはそうでございましょうが――」

と忠次が口籠る。

「それがなくても、おれは信玄の勝手にはさせぬぞ」

姉川では五千で一万五千を相手にして、これを蹴散らしたのだ。徳川兵の精強振りは天下に知られている。その名に恥じるがごとき籠城など、出来ようはずがない。

「早々に出陣の準備をいたせ」

と家康は命じた。

「心得申した」

と忠世が答える。

この浜松城は三方ヶ原台地の東南の端に位置する。城域は東西六〇〇メートル、南北六五〇メートルになる。高所に天守曲輪を据え、東に本丸、二の丸、三の丸を一線上に置いている連郭式の平城である。曲輪の石垣はすべて野面積で築かれている。野面積とは自然石をそのまま組み合わせて積む方法を意味する。これによって、石垣の水捌け（みずはけ）がよくなり、石垣は堅固に仕上がる。

いずれ、侍屋敷と馬場を加え、幾つかの曲輪と出丸を配する計画である。それが完成すれば、空堀と天然の谷堀が城郭を囲む堅固な城となる。

この城に籠城すれば、信玄といえども手こずるに違いない。それでも信長の役に立つのかも知れないが、家康はどうでも信玄に真正面からぶつかって行きたかった。おれがそれを望んでいるのではない、おれの中に流れている清康公の血が騒いでいるのよ、と思う。家康には、信玄に一泡吹かせ得る自信があった。

やがて、出陣の用意が整って、家康は北門の玄黙口（げんもくくち）まで出馬する。そこへ、半蔵が駆けつけ、

「武田軍は祝田（ほうだ）の坂を下るかに見受けられ申す」

と報告した。

祝田の坂は三方ヶ原の北東にある。

「そうか。して、陣形は？」

「魚鱗（ぎょりん）の陣にて、整然と進軍しておりまする」

信玄らしい、と家康は思う。魚鱗の陣は縦に深い重厚な陣形で、一気に敵を突き崩す鋭さを持っている。一途に京を目指す信玄がとるには、最適と言える。

「ならば、わが軍は鶴翼の陣にて敵を包囲し、これを殲滅しようぞ」

と家康は言った。

鶴翼の陣とは横に広く、敵を包囲し粉砕するには有効な陣形である。

「それはよきご判断かと存じまするぞ」

と傍らの忠世が言った。

馬上の家康が太刀を抜き払い、切っ先を高々と上げて、

「これより、出陣！」

と大音声で命を下した。

「おおっ！」

と全軍が喊声を上げる。

家康は全軍を九隊に編成していた。先陣は数正隊千二百、これが騎馬隊を先頭に玄黙口から出て行く。二陣の忠次隊がこれに続く。家康の旗本隊を擁した本隊は八番目、殿は本多忠勝隊である。武田軍との距離は僅か三里に過ぎなかった。

すでに、半蔵の姿はない。

二

しまった、と半蔵は心の中で舌打ちする。楠の巨樹の枝の間に身を置いている。数名の郎党が楠のある斜面の雑木林に隠れて、四辺を警戒していた。武田には竹庵がいる。竹庵が率いる一団と遭遇すれば、忍び同士の凄絶な戦いになる。いまはそれは避けたい。半蔵の目が捉えているのは、祝田の坂の上の武田の軍団だった。軍団は小休止をとっていた。先陣は小山田隊と山県隊、二陣が武田勝頼隊と馬場隊、その後に本陣が続き、後陣は甘利隊と穴山隊である。

信玄は魚鱗の陣形でここまで進撃して来た。それは前方に敵を想定した陣形である。従って、前方に強く、後方に弱点を持っている。家康はそれを頭に置いて、攻撃の手立を立てている。

ところが、こうして武田の軍団を子細に眺めていると、そうした常識が通じないことに、半蔵は気づかされた。武田の魚鱗の陣は、陣列の向きを正反対にしても、そのまま魚鱗の陣が保てるように編成されていた。騎馬隊、足軽隊、鉄砲隊、弓隊が前後どちら側からでも戦える配置になっている。

どうやら、家康は巧みに城から誘い出されたようである。そして、いま、信玄は家康を待ち構えているのだった。

浜松城を無傷のまま残して進軍すれば、信長との決戦のとき、後方から家康に攻められる。これは厄介である。かといって、城を攻め落とすには時が掛かる。味方の損害も馬鹿にならない。そこで、信玄は家康を野戦に引き摺り出した、と考えられる。さすがに信玄は戦の天才だ、と褒めるしかない。

半蔵が楠から下りると、郎党が音も気配もなく寄り集まって来た。全員、足軽の形をしている。今更、家康に信玄が待ち構えていることを知らせに走っても、手遅れである。間もなく、徳川軍は到着する。それを先導すべく、半蔵は郎党に合図して雑木林を出ようとした。

と、そのとき、郎党の一人が声にならない呻きを洩らして仰け反った。その背に棒手裏剣が突き立っている。竹庵一統に発見されたのだ。人数は二十名ほどか。

半蔵は転がって敵の棒手裏剣を躱す。郎党が見えない敵に十字手裏剣を飛ばした。半蔵は傷を負った郎党の脇に手を差し入れて抱え上げ、脇差を抜いた。抜くや、無造作に横へ払って、敵の一人の横胴を割く。忍び装束の敵は声もなく倒れた。

「離れるな。走るぞ」

と半蔵は郎党に声を掛けて坂を駆け下りた。

走りながら、手傷の郎党を他の二名に預け、残りの郎党に、

「先に行け。軍を先導するのだ。おれのことは構うな」

と命じた。

敵はまるで湧き出るように、樹上から、樹の陰から、灌木(かんぼく)の中から現れて襲い掛かる。半蔵は踏み止まって、彼らを相手に戦った。これを着実に屠(ほふ)って行く。半蔵も敵も無言である。

半蔵は竹庵が現れるのを待っている。この機に竹庵を斃しておかなければ、これから先も如何なる悪さをするか分からない。が、竹庵は姿を見せない。

郎党はなんとか逃げ果(おお)せたようだった。さすがの半蔵も疲れて来た。どれほどの敵を退けたか、もう半蔵にも分からなくなっていた。

それでも、敵は次から次へと湧いて来る。

そうか、と思った。竹庵はこれを待っているのだ。半蔵がその力を半減するのを、どこからか見ているに違いない。確かに、いま、竹庵に出て来られても、もはや半蔵にはこれを討つ力は残っていない。

逃げる、と半蔵は肚を決めた。いきなり、走り出し、斜面を下り、上り、横に走る。足が重くて、思うようには動かない。半蔵は無数の小さい傷を負っていた。敵が追い縋って来る。

と、肩に棒手裏剣を受けて、半蔵はよろめいた。ハハハ、と低い笑声がどこからか聞こえて来る。

「鬼の半蔵が不様に逃げるか」

嗄(しわが)れた竹庵の声だった。が、竹庵は変装だけではなく、様々な声を使い分けることも出来る。

「この竹庵を待っていたのではなかったのか」

半蔵の目の前に深い崖が口を開いていた。半蔵は振り向きざま、追い縋る敵の一人を袈裟(けさ)に斬り下げて、崖下へ身を躍らせた。

三

半蔵の郎党が家康に報告をもたらしたときには、武田軍が目前に迫っていた。敵はすでに戦闘態勢に入っている。徳川の軍団は死の物狂いで進んで来た。その徳川軍に、待ち構えていた武田軍が突っ込んで来る。もはや、家康には自軍を押し止め、陣形を整える余裕はない。それでも、

「開け！」

と叫んだ。

八千の軍団がどよめきながらも鶴翼の陣形を作って行く。見事な展開だった。時刻は申(さる)の刻（午後四時）頃か。

「うおっ！」

前方に武田の先陣小山田隊三千が姿を見せ、たちまち、喊声を上げて攻め込んで来る。野と丘に雪が舞った。

「撃て！」

先陣の数正隊がこれに銃撃を加える。小山田隊は弾丸などものともせず、巨大な塊となって突き進んで来る。

たちまち、敵味方双方の銃声、鬨の声が野に広がり、騎馬も徒も揉み合うような乱戦の渦に巻き込まれて行った。

織田の援軍平手隊には、丘の上から矢と礫が霰のように降り掛かった。

「小癪なり。われらを小児扱いするか」

平手汎秀は激怒して、

「蹴散らせ！」

と下知する。

平手隊は、どっ、と丘へ攻め上がった。

数正隊が奮戦して、小山田隊は押され気味である。数正隊の中には槍の名手、渡辺守綱がいる。守綱の槍は赤漆塗りの柄が一丈（三メートル）を超え、穂とけら首は合わせて二尺五寸（七五センチ）になる。石突には鉄の輪が幾重にも嵌め込まれている。その赤柄の長槍が自在に空を舞い、次々と武田兵を突き刺し、横腹を薙ぎ、一回転して石突が脳天をぶち割る。

ついに、小山田隊は総崩れとなり、替わって、馬場隊が数正隊に襲い掛かった。数正隊は多くの兵が討死し、疲労の影も濃く、次第に馬場隊に押され気味となる。

これを知った忠次隊が救援に駆けつけた。平手隊に配されていた忠世も、兵の一部を引き連れて、数正隊の援護に走った。その分、平手隊が手薄になった。

武田軍は多勢、次々と新手を繰り出して来て、疲れるということがない。これでは、徳川の各隊は緒戦の勢いを維持出来ない。次第に追い詰められ、死傷者が目に見えて多くなって来た。

家康は馬上からこれを見て、奥歯を嚙み締めた。徳川の将兵には勢いというものが失われて来た。まるで大人と子供の喧嘩になってしまったようだ。容易く囲まれ、易々と討ち取られて行く。

家康は本隊の投入を決意した。

「全員、掛かれ！」

と旗本隊に命を発する。

朱の具足に身を包み、槍を小脇に抱えた家康が、自ら先頭に立って馬を駆った。旗本隊の先手は榊原康政（さかきばらやすまさ）である。康政は家康より六歳下の二十五歳になる。家康に遅れてはならじと、

「おれに続け！」

と叫びつつ家康の後を追った。旗本隊は山県隊へ攻め掛かった。家康も自ら槍を振るう。康政はその傍らを離れることなく戦った。

家康の姿に気づいた山県隊は、この旗本隊を包囲して家康を討とうとした。が、旗本隊の勢いには凄まじいものがある。まだ誰も疲れていないのだ。そこへ酒井正親隊が加勢に駆けつけて、山県隊を三町（三二七メートル）ほども追いやった。

家康が馬上で一息ついたとき、敵の一隊が横から攻撃して来た。信玄の一子、勝頼の隊である。勝頼隊は全軍燃え立っていた。旗本隊と正親隊がこれを阻止しようとするが難しい。そこへ、甘利隊が突っ込んで来た。旗本隊と正親隊は攪乱（かくらん）し、勝頼が家康に迫った。

両者の距離が五十間ほどになったとき、勝頼は家康に気づいたようだった。

「家康か！」

と勝頼が叫ぶ。

周りでは騎馬も徒(かち)も、敵味方入り乱れての乱戦である。そんな中でも勝頼の高く透明な声はよく通った。この年、勝頼は二十七歳になる。

「勝頼か！」

と家康も叫び返す。

「一騎打ちだ！」

と勝頼。

「望むところだ」

と家康は精一杯の声を張り上げた。

が、家康の声が勝頼に届いたかどうか分からない。信玄はさらに穴山隊を家康の背後に配して、家康を襲わせた。見事な信玄の采配(さいはい)だった。

すでに、黄昏時(たそがれどき)である。薄明の中を雪が舞い降り、徳川軍は前後から攻撃を受けて総崩れとなり、算(さん)を乱して敗走した。

数正は討死を覚悟した。下馬し、

「よいか。おれはこの場にて最期まで戦うぞ」

と士卒を励ます。

「お供いたす」

と守綱も馬から降りた。

敵はすぐに現れた。数正はこれを無言で突き刺し、次なる敵を待つ。守綱の槍もいまだ健在だった。彼らの姿は夕闇と雪の中に隠されて、敵は迂闊にも次から次へと姿を見せて、数正と守綱らの餌食となった。


家康自身、勝頼隊、甘利隊、穴山隊の包囲網をどう切り抜け、どう逃げて来たか、定かな記憶はない。気がついたときは、疎林の中にいた。疲労のため辛うじて馬上に身を保っている状態だった。数か所に手傷を負っているが、意識ははっきりしている。

傍らに騎乗の忠世がいる。忠世は家康の馬の手綱をしっかりと握っていた。他に康政ら二、三名の旗本が従っている。

四囲からまだ射撃音、馬蹄の響き、兵の叫びなどが、風に乗って運ばれて来る。どうやら武田軍は掃討戦に入ったようだった。徳川軍は、多くの士卒が討ち取られ、織田の援軍を率いた平手汎秀も討死してしまった。

負けた、と家康は心に呟いた。

その一言は衝撃のように家康の体内を貫いて行った。

負けたんだ。もう一度、己に言ってみる。が、まだ、信じられない。

おれの体には清康公の血が流れていたのではなかったのか。おれには清康公の魂が憑依していたはずだ。そう信じられたからこそ、一向一揆でも、姉川の戦いでも、敗北の不安など一度も抱かなかった。

が、おれは、所詮、清康公ではなかった。信玄はおれを遥かに上回る戦の天才なのだ。おれごときが太刀打ち出来る相手ではない。信長様でも勝てるかどうか。

フフフ、と自嘲の笑いが口から洩れる。だから、なんだと言うのだ。このまま、尻尾を巻いて逃げるのか。そんなことをするくらいなら——。

「殿、城へ戻りましょうぞ。戦はこれからでござる」

と忠世が言った。

「それは無理だろう。われらは見事に信玄に包囲されておるわ」

「なにを気弱なことを仰せか。何事もやってみなければ、分かり申さぬ」

「こうなったからには、見苦しい振舞だけはしとうはないぞ」

「わが城へ帰る、そのどこが見苦しい、と仰せか」

家康には忠世と言い争うつもりなどない。

「殿！」

と忠世が叱咤するように言ったとき、疎林の奥から、

「殿！」

声がして、半蔵が姿を現した。半蔵は郎党に脇を支えられ、樹の枝を杖にしていた。

「おお、半蔵か、生きておったか」

「不覚にも足を挫き申した。お恥しい限りでござる」

半蔵は苦笑し、

「それより、殿はこのような所で、なにをしておられる」

と叱咤するように言った。

「――」

「さあ、一刻も早く帰城なされませ。幸い、間もなく日が暮れましょう。半蔵が先

導いたしまする」

「半蔵もそれを言うか」

「この場に留まっている場合ではござらぬ」

忠世も半蔵も、この場にいる康政らも、それを望んでいるのだった。ならば、仕方あるまい、言う通りにしてやろう、と家康は思った。

「相分かった」

家康は旗本の一人に、

「馬はないのか」

と訊いた。

余分の馬などないことは一目瞭然である。訊かれた旗本は困惑している。

「半蔵が先導するには馬が要るではないか」

半蔵に馬を譲れ、と家康は言っているのだった。

「半蔵殿、それがしの馬をお使い下され」

と康政が下馬しようとする。

半蔵はそれを押し止めて、

「それがしに馬など必要ありませぬ」

と言う。

「だが、その様子では走れまい」

と家康が言った。

「そのようなことなど――。さあ、殿！」

忠世が手綱を家康の手に戻す。しかし、家康は動かない。一度は言いなりになってやろうと肚を決めた。が、どうあっても、遁走する見苦しさを晒す気にはなれないのだった。

「ご免！」

半蔵は、いきなり、杖にしていた樹の枝で家康の馬の尻を打った。

「なにをするか」

馬は驚いて棒立ちになるが、次の瞬間、だっ、と走り出した。

「続け！」

忠世が叫び、康政ら旗本が後を追う。

「行くぞ」

半蔵も郎党に声を掛けて、降り続く雪の中へ飛び出した。足を引き摺りながらも、半蔵の動きは素早いものだった。

四

どこを走り、どう斬り抜けて、浜松城の玄黙口へ飛び込んだのか、家康には確かな憶えは欠片もなかった。いつ、槍を失ったのか、それも分からない。太刀を抜き、敵が現れるたびに、縦横に振り回して敵を斬り伏せた。その返り血で、顔も朱の具足も水を浴びたように濡れていた。

幾度、殺られる、と覚悟したことか。そのたびに、死の恐怖に鷲摑みにされ、生きたい、と痛烈に思ったことか。家康は生まれて初めて、生死の境を行き来したのだった。

一国の主たる者は、いつ死んでもよし、と肚を据えているものである。むろん、家康も例外ではない。その家康を支えていたのは、決して負けぬ、という自信と自負だった。しかし、負けた。家康は一瞬にして己の中心にある大事なものを奪い取られたのだ。陽が落ち、雪が舞う山野を駆けている間、家康を捉えていたのは、裸にされた嬰児（えいじ）のような頼りなさだった。

道に迷うと、どこからともなく半蔵が現れて、

「こちらでござる」

と先導する。

足を挫いた半蔵が、なぜ、そのような不思議をなせるのか、それを訝る余裕も家康にはなかった。

幸い、家康は出迎えの手勢と行き会って、無事、玄黙口の城門を潜ることが出来た。下馬すると、忠世が走り寄って来た。榊原康政ら旗本も一人たりとも欠けていなかった。半蔵の姿はないが、半蔵なら心配は要らない。

そう思ったとき、突如、忠世が大きな笑声を上げた。

「殿、糞を垂れられましたな」

「なに！」

と家康は目を剝いた。

「鞍に糞がついてござる」

「馬鹿な！」

家康は指先を己の鞍の上に滑らせた。なにかねばねばしたものが指に触れた。指を鼻先へ持って来て、

「うっ」

と顔を顰める。

間違いなく糞だった。気づかぬ内に鞍の上で脱糞していたのだ。

「殿が馬上で糞を垂れられた」

と忠世は大声で言った。

ハハハ、と周りで笑声が上がった。

「笑え、笑え、城まで持ち堪えられなんだのよ」

と家康も一緒になって笑った。

ハハハ。

士卒の間に笑いが広がった。嘲笑の響きはない。不思議な安堵と、主たる家康への親近感が作る笑いのようである。その笑いで、たちまち、敗戦の緊張が解けたようだった。

「糞も済んだし、これから、もう一戦だ」

と家康は言った。

「おう！」

と周りの将兵が応える。

「忠世、この門は開け放しておけ。門の内と外に明々と篝火(かがりび)を焚け」

これは続々と戻って来る敗兵のためばかりではない。勝戦(かちいくさ)の勢いに乗って攻め掛けて来るに違いない武田軍に、備えてのことでもある。忠世にもそれは分かっている。

「心得申した」

家康は二の丸居館に向かい、居室に入った。朱具足を抜ぎ捨て、女房の一人に、

「絵師を呼べ。それから、湯漬を食べるゆえ、支度をしろ」

と命じた。

女房は家康が発する臭気に、気づかぬ振りをしようと懸命に努めている。家康は素知らぬ顔である。

「絵師でございまするか」

と女房は不審げに訊き返す。

「そうだ、絵師だ。早ういたせ」

いまの己の不様をそのまま絵師に見せて、それを絵姿にして残しておきたい、と家康は考えた。そのことを思いついたのは、玄黙口から二の丸に到る間でのことだった。

信玄に敗れ、這々の体で逃げ帰り、恐怖のあまり馬上で脱糞してしまった。この一件で、これまでの家康は死んで、これからの家康に生まれ変わったのである。その新しい家康を絵姿に残しておきたい、と家康は思った。


続々と敗残の兵が戻って来る。彼らの話を総合して判断すれば、徳川軍の死傷者は千名に及ぶ。幸い、忠次や数正など主立つ者たちは、大小の傷は負ったものの、全員が無事だった。家康は二の丸で、次々ともたらされる報告を瞑目して聞いた。半蔵が顔を見せたときも、頷いただけだった。

忠次がやって来て、

「帰城する者はほぼ帰って参り申した。そろそろ敵が押し寄せて来ましょう。門を締めまする」

と言った。

「いや、そのままにしておけ。その方、櫓に上がって、大太鼓を叩け。景気よく叩き続けるのだ」

一瞬、間があって、忠次は笑い出した。

「それはようござる。お任せ下され」

間もなく、櫓の大太鼓が吠え始めた。

ドンドン、ドンドン。

大太鼓の音に城内の兵から歓声が上がった。意気阻喪した彼らの士気が再び奮い立ったようだった。その直後、

「敵襲だ！」

玄黙口の兵の中から叫びが上がった。忠世は門外へ走り出た。闇の先に黒々と固まった武田軍の集団が見える。

「あれは山県、馬場の隊でござる」

と渡辺守綱が言った。

帰城した守綱は城内に入らず、ずっと門外で見張に立っていた。赤柄の槍の穂先が折れ、全身血に塗れ、頬に深い傷が口を開けている。

槍に縋(すが)って辛うじて身を支えていた。

「奴らは攻め掛けては来られますまい」

と守綱は忠世に言った。

「なぜじゃ」

守綱は答えない。しかし、確かに敵集団の影は動こうとはしなかった。

「その方、ここはおれに任せて、まず傷の手当をいたせ」

と忠世は言った。

「なあに、掠(かす)り傷でござる」

守綱は家康と同年、一向一揆のおり、信仰に生きる父や一族に懇願されて、家康に叛いた。忠世はその守綱と戦場で出会ってしまったことがある。勝てる相手ではないが、止むを得ない、正面から槍を合わせた。守綱は忠世の槍を軽くあしらい、機を見て、背を見せて逃げて行った。身は一揆側に置いても、主君の兵は傷つけぬ、と心に定めていたのだ。

「ここは、任せていただく」

と守綱は、にやり、と笑った。

すると、頰の傷が開いて、少し血が流れた。

忠次の太鼓は、まだ、鳴り響いている。気がつくと、いつしか闇の奥の敵の影が消えていた。

「分かった。ここは任せよう。おれは信玄の肝を少々冷やしてやろう」

と忠世も頰を緩める。

「それは面白そうでござる」

城の近くに犀ヶ崖（さいがけ）と呼ばれる断崖がある。城の北西に、深さ五間、幅十五間ほどの渓谷が半里に渡って険しい崖をなしている。武田軍の一部がその断崖上で野営をしていた。忠世は家康と計って、これを夜襲するつもりである。そうでもしなければ、やられっ放しでは、腹の虫が治まらないのだ。

夜更け、忠世は百名ほどの手勢を率いて、崖の上の敵軍に夜襲を掛けた。鉄砲弾を喰らわせ、鬨の声を上げて襲った。不意を衝かれた敵は混乱し、多数の兵が断崖の下へ転落して死傷した。大勝利だった。

不思議なことに、信玄は浜松城を攻めなかった。野戦の天才も城攻めには自信がなかったのか。西進した武田軍は、年が明けた二月、野田城を落とした。さらに奇っ怪なことは、その後、長篠に引き返し、そこで動かなくなってしまった。

半蔵は挫いた足が癒えぬまま、信玄の動静を探り続けた。その報告は家康を驚愕させるものだった。信玄は膈を患っていた。胃癌である。野田城攻撃中に病が重くなって長篠城に身を置いた。そして、本国へ戻ろうとしたが、その帰途、信濃の駒場で没した。享年、五十三歳である。

その間、竹庵は一定の距離を置いて、信玄につき従っていた。半蔵の気配を察知してもまったく無視し続けた。

半蔵が信玄の死を告げたとき、家康は、

「そうか」

と言った切りだった。

他に言葉はない。家康は危うく信玄に命を奪われるところだった。その家康が九死に一生を得て、生き延びることが出来た。そして、家康を追い詰めた信玄の方が、先に逝ってしまった。

もし、信玄が西上していたなら、信長とて無傷で済むはずがなかった。これからの天下の有り様が大きく変わってしまうことは間違いない。しかし、信玄は呆気なく死んでしまった。

そのことに特別の意味はない。天が家康に味方したわけではない。天下への道を天が信長に指し示してくれたわけでもないのだ。このことにも、家康は偶然の不思議な働きを目の当たりにしたのだった。それを意味あるものにするもしないも、人間次第である。

とまれ、信玄は死んだのだ。

浜松城の天守曲輪で寒風を身に受けながら、家康は己にそう言った。すると、信玄とは一面識もないことに気がついた。それが残念に思われてならなかった。

六章

長篠の戦い

一

鳥居強右衛門(すねえもん)が岡崎城にいた家康の許へ駆けつけて来たのは、天正三年（一五七五）の梅雨に入ったばかりの頃だった。小糠雨(こぬかあめ)が二日も続いている午頃(ひる)だった。鳥居強右衛門は三河長篠城の守将奥平信昌(のぶまさ)の家臣である。

全身、ずぶ濡れになった強右衛門は、息を切らして長篠城救援を家康に懇望した。武田勝頼率いる二万五千の大軍に包囲されて、長篠城は食糧も尽き、いまや落城寸前である、という。

「われら五百の城兵は、一日も早い殿のご出馬を、首を長うして待っており申す」

と強右衛門は途切れ途切れに訴える。

家康は深く頷いた。

「分かっておる。明早朝にはここを発つつもりでいたのだ」

家康が岡崎まで出張って来たのは、武田に寝返った大賀弥四郎を誅伐するためだった。大賀は岡崎城襲撃を手引きしようとしていた。勝頼が長篠に出て来たのは、これと呼応したものと考えられる。

「われらの後詰に信長様もご出馬下された。その方、信長様にもお目通りを願い出て、窮状を訴えるがよかろう」

「心得申した」

「その方の見たまま、聞いたままを城の者に伝えてやるがよい。それが励みになろう」

「はっ。では――」

と強右衛門は立ち上がろうとしたが、少しよろけた。

「その方は疲れておる。一睡もしておらぬであろう。濡れた衣服を改め、なにか口に入れ、少し横になってから出るがよい」

長篠から岡崎までは十里ほどもある。強右衛門は夜陰に紛れて城を抜け出し、そのまま岡崎を目指して来たのだ。

「いささかなりとも早う、吉報を城の者に伝えてやりとうございます」

「とはいえ、その方が途中で倒れては、どうにもなるまい。よいから、おれの言うことを聞け」

と家康は命じるように言った。

止むなく、強右衛門は家康の言葉に従い、岡崎城を出たのは一刻（二時間）後だった。

しかし、強右衛門は長篠城に戻ることが叶わなかった。信長にも目通りを許されて、城へとって返したのは翌日の早朝だった。雨は止んでいて、辺りが仄白くなり始めていた。なんとしても城へ入りたい。その焦りが強右衛門から慎重さを失わせた。

強右衛門が城柵に近づき、乗り越えようと柵に手を掛けた瞬間、

「曲者、動くな！」

と武田の兵に見つかった。

斬り抜けるしかない。強右衛門は抜刀して振り向いた。と、すでに十を超える槍

に囲まれている。

「動けば、串刺しよ」

と頭らしき者が言った。

強右衛門は身動きならない。あっ、という間に太刀を取り上げられ、荒縄で雁字搦めに縛り上げられた。陣所に引き立てられ、将らしき者の取り調べを受けた。が、強右衛門は口を噤んで一言も喋らない。打つ叩くの拷問を受けたが、口許に笑いを含んで自若としている。死んで行く覚悟が決まっているから、恐れるものはなにもない。

そこへ、武田の御大将が姿を見せた。血塗れの強右衛門の顔を覗き込み、

「おれは武田勝頼だ。なかなかの剛の者と聞いて、面を見に来たぞ」

強右衛門は臆することなく、勝頼と視線を合わせた。

「その面構え、気に入った。どうだ、おれに仕えぬか。望みの恩賞をとらせるぞ」

強右衛門は、にっ、と笑って、

「御大将自らお名乗り下されては、それがしも名乗らぬわけには参りませぬな。それがしは長篠城の奥平信昌が家臣、鳥居強右衛門、と申す者でござる」

と勝頼に名乗った。

「その鳥居強右衛門が、なにゆえ、かくなる仕儀になった」

強右衛門は己がなし遂げたことを語り、

「間もなく、家康公、信長公の大軍が押し寄せて参りましょう」

と言う。

「そうか。それは楽しみなことだな」

勝頼は、少時、考え、

「よし。ならば、こうしよう」

と言った。

強右衛門を磔(はりつけ)にする。その柱は城柵の側に立てる。そして、強右衛門が、援軍はどこからも来ぬ、と叫べば、命を助けてやる。

「どうだ、やってみるか」

と勝頼は強右衛門の顔を覗き込むようにして言った。

その顔には悪戯(いたずら)を楽しんでいるような、邪気のない笑いが刷かれていた。

「お好きになさりませ」

と強右衛門は言った。

間もなく、城の方角を向いて磔刑柱（たっけいちゅう）が立てられた。柱には、両手両足を大の字に開いた強右衛門の体が、厳重に縛りつけられていた。槍を構えた処刑人が左右に構えている。その背後に勝頼を始め多くの将兵が集まって来た。

と、いきなり、強右衛門が大音声を上げた。

「お城の方々、鳥居強右衛門が戻って参りました。どうぞ、お聞き下され」

すると、城のあちこちに城兵が姿を現した。いずれも、飢えに苦しめられて痩せ細り、歩くのも覚束（おぼつか）ない有様である。それでも、槍と太刀はしっかりと手にしている。

「強右衛門、よくぞ戻って来たぞ」

と城方が叫び返す。

「家康公、信長公の援軍が参りまするぞ。いま、しばらくのご辛抱——」

強右衛門はその先を続けられなかった。処刑人の槍が左右の脇から強右衛門を刺し貫き、強右衛門は口から言葉ではなく、血を吹き出した。

城方には寂（せき）として声がない。五月十六日、家康はまだこのことを知らない。大軍を率いて岡崎を出陣、ひたすら長篠を目指して進軍していた。

二

五月十三日、信長は家康の後詰のため、三万の兵を率いて岐阜を発した。翌十四日に岡崎に着陣し、十五日には強右衛門を引見している。十六日、織田の大軍は、徳川軍とともに長篠へ向かって進軍を開始した。

信長は体の休まる間もない忙しい日々を送っている。それでも、家康の願いによって、岐阜から出て来た。不思議なほど、信長は家康に律儀に対応していた。有り難いことだ、と家康には感謝の言葉もない。

信玄の死は伏せられていたから、将軍義昭はそれを知らなかった。信玄西上をよき機会と捉えて、反信長の旗を挙げた。天正元年（一五七三）二月二十六日のことだった。

「これで、信長の命運は尽きたわ」

と義昭は豪語した。

信長は和を請うた。前には、義昭を立てて上洛を果たした信長だった。和を願い出たのは、その義昭に対する礼儀であった。が、義昭にはそれが分からないから、それを一蹴する。そこで、四月四日、信長は義昭の二条第を囲み、上京に火を放った。これに怖気づいた義昭は、正親町天皇に和睦の斡旋を請うた。

「止むなし」

と信長はこれを受け入れた。

しかし、義昭は諦めていない。七月三日、自ら二条第を出て、山城槇島城に拠って兵を挙げた。ついに、信長の我慢も限界を超えた。十八日、信長はこれを攻め、義昭を降伏させた。期待した味方は誰も馳せ参じることなく、義昭は二歳になる子義尋を人質に差し出して降伏する。

敗軍の将として信長の前に引き据えられた義昭は、怯えていた。

「そちはわれの首を刎ねるか」

と床几の信長を見上げた。

信長は無表情に義昭を眺めている。

「刎ねたければ、刎ねるがよい。じゃが、われは将軍ぞ」

「貴方様は将軍の名を汚し、ついに室町幕府を滅ぼしなされましたな。そのようなご仁の首など、誰一人、欲しがりませぬわ」

「では、われの命を助けてくれる、と申すか」

「どこへなりと好きな所へお行きなされ」

「そうか。助けてくれるか」

義昭の顔に安堵の表情が広がる。やにわに立ち上がって一礼すると、足早に信長から離れて行った。その日の内に城を出て河内へ赴き、毛利の庇護を求めて西国へ向かった。

ここに、室町幕府は滅亡し、信長は新たな政権樹立のために、さらなる奮闘をすることになった。

まず、浅井、朝倉の始末である。八月十日、信長は小谷城下に軍を集結させた。思った通り、朝倉義景が出て来た。十三日夜、雨である。信長は雨中の朝倉本陣を急襲させた。義景は敗勢が濃くなると、必ず越前に引き上げる。それが信長の読みだった。

読みは的中した。義景を追って、織田の大軍が越前へ雪崩(なだ)れ込む。先頭に立ったのは信長だった。やがて、一乗ヶ谷は火の海となる。義景は館を抜け出したものの、味方の裏切りによって、自刃して果てた。八月二十日だった。

朝倉氏は入国以来、十一代二百三十年続いた越前の名家である。領国支配に優れた実績を残して来たが、ここに敢えなく滅亡したのだった。

信長にはそうした感傷は無縁のものである。直ちに引き返し、虎御前山に陣を敷いて、浅井攻めに掛かった。先鋒を命じられたのは秀吉だった。

浅井内部には父久政（ひさまさ）と長政の間に亀裂がある。その上、朝倉の救援もなく、信長に内応する者も出て、たちまち小谷城は炎上した。久政が自ら命を絶ち、翌二十八日、長政も自刃する。死の直前、長政は妻子を信長の許へ送り届けるべく秀吉の手に委ねた。妻お市の方と三名の娘、茶々（ちゃちゃ）（のちの淀殿（よどどの））、初（はつ）（常高院（じょうこういん））、小督（おごう）（崇源院（すうげんいん））である。

こうして、浅井家もまた、信長の手によって滅亡する。浅井の領国は秀吉に与えられた。

しかし、最大の敵がいまだ蠢（うごめ）いている。石山本願寺に根を発した伊勢、越前、加賀の一向一揆である。

「まずは伊勢だ」

と信長は宣した。

そして、翌天正二年九月、信長は伊勢長島の一向一揆を平らげた。石山本願寺の顕如(けんによ)は武田勝頼に救援を請うたが、勝頼の前面には常に家康がいる。こうした駆け引きが波紋を広げて、長篠の戦いとなった。

三

五月十八日、徳川八千、織田三万の軍団は長篠の設楽原(したら)に着陣した。設楽原は長篠城の西方一里になる。家康は高松山に、信長は極楽寺山に陣を置いた。

家康は信長に挨拶するため、大久保忠世を伴って極楽寺山に赴いた。

「これは!」

と忠世が驚きの声を上げる。

織田兵の大半が懸命に立ち働いていた。極楽寺山と高松山の東の麓に連子川(れんごがわ)が流れている。その流れに沿って彼らは堀を掘り土塁を築いて、その内側に巨大な柵を構築し始めていた。武田軍の攻撃を防ぐ柵であることは一目瞭然である。柵は三十間から五十間ごとに虎口が設けられている。

家康が驚いたのは、信長が岐阜を出陣したときから、武田軍を叩く作戦を練り上げていたことだった。それがこの巨大な柵である。そのために必要な材木と縄は、織田兵が手分けして運びながら進軍して来たのだ。

織田兵は弱いとよく言われるし、家康自身も心中密かにそう思っている。しかし、彼らは陣を築く材木や縄も黙々と運ぶし、夥しい鉄砲と弾薬も軽々と運んで、不平一つ洩らさないのだ。

家康の姿を目にとめた信長が近づいて来て、

「おお、参られたか」

と声を掛ける。

にこにこして、柵の方を指差し、

「この柵は家康殿の陣の前まで築き上げる。馬防柵だ」

「馬防柵――」

「武田の得意の攻撃は騎馬による我武者羅な突撃だ。これはなかなかのもので、家康殿も身に沁みてご存じのはず。織田の兵では防ぎ切れまい。よって、馬防柵でこれを食い止め、鉄砲で仕留める。如何かな」

なるほど、と家康は感嘆させられた。

「お見事な作戦でござる」

「ならば、家康殿も鉄砲で戦われよ。銃が足りなければ、幾らでも貸そう」

「忝（かたじけ）のうござる」

が、鉄砲なら間に合っている。というより、いまだ、家康は鉄砲一辺倒の戦というものを脳裏に描くことが出来ずにいる。信長の先進性には、付いて行けないところがあった。

が、それを、おれはまだまだだ、という風には家康は思っていない。では、信長との違いはなにか。それは物事の考え方の根の違いではないか、と考えている。だからといって、信長への敬愛に変わりはない。

織田兵は二昼夜少々で全長半里にわたる馬防柵を構築してしまった。これは驚嘆すべき迅速さである。

一方、織田の物見や半蔵らの報告によれば、勝頼は織田、徳川軍に野戦で勝敗を決する覚悟のようだった。これには武田重臣の反対もあったらしい。

「それでよい」

と信長は頷く。

「ならば、決戦の日には、少し掻き回してやりまする」

と家康は言った。

決戦の当日、長篠城を囲んでいる武田軍に奇襲を掛けてはどうか、と言い出したのは忠次だった。包囲軍は思わぬ襲撃に心胆(しんたん)を寒(さむ)からしめ、攪乱するのは必定である。そうなれば、勝頼の本隊の士気にも翳りが出るに違いない。

「それは面白い。忠次を褒めてやらねばなりませぬな」

と信長は満足気だった。

「まことに」

と家康も口許を緩める。

そして、二十一日未明、勝頼は長篠城包囲に兵二千を残し、自ら二万余の兵を率いて決戦の場へ駒を進めて来た。その報せを得て、

「では、忠次、行け！」

と家康は命じた。

「心得たり！」

と忠次は髭面を、ぐいっ、と家康に突き出す。

その髭面に、家康は、はっ、とした。日頃、忠次の顔など見飽きるほど、面（つら）を突き合わせている。だから、気づかなかったが、いつしか、忠次は家康の十五歳上の四十九歳になっていた。もはや老人である。その老いが髭面にくっきりと表れていた。

家康が、はっ、としたときには、髭面は引っ込んで、忠次は陣所を後にしていた。その背にもどことなく老いが感じられる。忠次は一隊を率いて、南を大きく迂回して長篠城に向かった。

年を取ったのは忠次ばかりではない。数正も然り、本多作左衛門も高力清長ももはや老人である。忠世も似たようなものだ。

おれは彼ら老人どもを頼りにし、かつ、扱（こ）き使うておるのか、と家康は思った。気がつかなかったが、彼らには大変な負担になっているのかも知れない。これからは若い者に働いてもらわねばなるまい。

家康の脳裏に浮かぶのは、榊原康政、本多忠勝らの顔だった。そして、本多正信である。

正信は忠世の隊にいる。

「正信を呼べ」

と家康は忠世に言った。

正信はすぐにやって来た。

「正信、これより、その方はおれの側におれ」

と家康は言った。

「心得申した。しかし、それがしはこちらの方は――」

正信は槍を扱く手振りを見せて、

「お役に立ちませぬが――」

と言う。

「分かっておるわ。そちはおれが守ってやるゆえ、安堵いたせ」

「そういうことなら、喜んで」

「こ奴めが――」

と家康は笑声を上げた。

四

夜が白々と明ける。勝頼率いる二万余の武田軍が、馬防柵に向き合ってほぼ半里にわたって戦線を横に広げた。人馬の立てる物音が、ウワーッ、と天地を揺るがすかのようである。

対する織田、徳川両軍は馬防柵のこちら側に兵を展開する。織田軍は北、徳川軍は南に陣を構える。

信長は三千挺の鉄砲を用意し、鉄砲隊を三段に配置して、交互に発射出来る方法を考えていた。

鉄砲の射程距離は八〇メートルから九〇メートルである。が、発射した後の弾丸の装塡(そうてん)には相応の時間を要する。そのため、鉄砲隊は一斉射撃をした後、装塡に手間取っている間に、敵の攻撃を浴びてしまうことになる。鉄砲隊の威力は最初の一発にしかない。これが従来の常識だった。信長の工夫は、その常識を見事に打ち破ったのだ。

迂回して長篠城に向かった忠次隊は、城を包囲する鳶巣山（とびのす）の武田勢を奇襲した。激戦になったが、忠次隊は見事に守将の武田信実（のぶざね）を斃す。包囲網の一郭が破れて、武田勢は狼狽し、混乱に陥った。これを知った守将の奥平信昌が城から打って出た。武田勢は前後から攻撃を受けて、間もなく敗勢が濃くなる。

「いま、一押しぞ！」

忠次が叱咤の叫びを上げて、ついに武田勢は壊滅し、四散する。これで、勝頼の本隊は退路を断たれたことになった。


忠次による鳶巣山奇襲と同時に、織田、徳川連合軍と武田軍の合戦の火蓋が切られた。忠世隊が馬防柵の外へ出て真正面の山県隊へ騎馬で突撃し、敵の騎馬隊を誘い出した。

「おのれ、小癪（こしゃく）なり！」

武田軍にあって名高い山県昌景（まさかげ）は先頭切って忠世隊に向かって来る。騎馬隊に徒（かち）の槍隊が続く。これを迎え撃って、鉄砲が一斉射撃を浴びせた。馬上の敵が次々と落馬して行く。

　この戦いが引金となって、武田軍は一斉攻撃に移った。

「おおっ！」

　天を衝く喊声が上がり、人馬もろとも怒濤のごとく馬防柵に突進を開始する。これに向かって三千挺の鉄砲が火を噴いた。馬蹄の響き、鉄砲の発射音、怒号、叫び、悲鳴が天地に満ち、設楽原を囲む山々、森林を揺るがすかのようであった。

　忠世隊と山県隊の凄絶な戦いは九度に及んだ。山県隊は退いては突撃に移り、これを繰り返す。その度に、

「退くな！」

　と忠世は声を嗄（か）らして叫び続けた。

　自ら山県と槍を合わせたのは、二度や三度のことではない。そして、ついに、足軽が放った一発の弾丸が山県の下腹部に命中して、山県は討死した。

　勝頼は、一旦、全軍を鉄砲の射程外に退かせて、隊ごとの突撃作戦をとった。武

田軍にも鉄砲はある。しかし、勝頼は武田騎馬隊の最強を信じていた。騎馬隊とこれに続く槍隊の突撃を阻止出来る敵はない、という固い信念が勝頼にはあった。

まず、勝頼自身が突入を試みた。

「信長、家康、出て参れ！」

叫びながら、馬防柵へ突撃する。が、川や堀、土塁、そして間断なく飛来する弾丸によって、馬防柵へ辿り着くことさえ難しい。次から次と騎馬兵が撃たれて落馬し、槍隊が前進を阻まれる。多くの犠牲者を出して、

「退け！　退け！」

と勝頼は悲痛な叫びを上げることになった。

しかし、諦めない。各隊ごとの突撃を命じた。馬防柵前には武田兵の多くの死骸が転がっている。これを踏み越えての突進が繰り返された。その結果、名ある将の討死が増えて来た。その上、長篠城を包囲していた武田勢が壊滅し、徳川勢が背後からも迫って来る。

それでも、勝頼は敗北を認められなかった。

戦場の状況をつぶさに注視していた信長は、頃よし、と判断した。武田軍はほぼ壊滅状態と見えた。

「総攻撃に移れ」

と命を発した。

待ってました、とばかりに家康は奮い立った。

「行くぞ！」

旗本隊に声を掛けて、真っ先に柵外へ飛び出して行った。強右衛門を嬲(なぶ)り殺しにされた怒りが、まだ治まっていないのだ。出来ることなら己の手で勝頼の首を刎ねてやりたい、と思っていた。家康には康政が、ぴたり、と従っている。

この総攻撃で、織田、徳川両軍は武田の武将を次々と討ち取って行った。原昌胤(まさたね)、甘利信康(のぶやす)、高坂昌澄(こうさかまさずみ)ら信玄以来の名ある者たちである。

やがて、武田軍は壊滅し、設楽原は掃討戦の様相を呈する。家康は勝頼の姿を求めて駆け巡った。時刻はすでに午を過ぎている。

「殿、落ち延びて下され」

槍を振るって織田兵を屠った馬場信春（のぶはる）は、馬上の勝頼を見上げて言った。周りには織田兵が蝟集（いしゅう）している。これに内藤昌豊と近侍の若侍数名が対している。

勝頼は答えない。

「殿、ここはわれらに任せて、お早く」

と内藤も声を高めた。

勝頼は決戦の敗北が信じられない風情である。どこかあらぬ方へ視線を向けて、まるで呆けてしまったようだった。

織田兵は勝頼を取り囲んだものの、誰一人、槍をつけようとする者がいない。

「さあ、早く！」

と馬場が叫んだ。


その一団を家康は望見した。あれは勝頼か、と思ったとき、一団が崩れて、勝頼と近侍の者が北へ向かって、全速力で馬を駆った。北の山地を縫って甲府を目指すらしい。

それを阻止しようとする織田の兵を食い止めるべく、二名の騎馬武者が死に物狂いに駆け巡っている。家康が駆けつけたときには、すでに、馬場、内藤の両武将は、織田兵の槍を幾度も受けて息絶えていた。

　未刻（ひつじのこく）（午後二時）、長篠の戦いは終焉した。信長、家康の大勝だった。鉄砲隊の新しい編成による鉄砲の威力を、天下に示した戦いでもあった。

　勝頼は有力な武将のほとんどを喪って、這々（ほうほう）の体（てい）で甲府へ入った。従うのは数騎の近臣のみだった。

　五月二十五日、信長は岐阜に戻った。家康もまた岐阜に赴いて、信長の来援に感謝の言葉を述べた。しかし、信長の関心は、もはや、長篠にはない。次なる目標は、どうやら越前の一向一揆のようだった。

七章　信康の死

一

長篠の大勝利から四年の歳月が流れた。

その四年の間も、信長の活躍は枚挙に暇（いとま）がない。

長篠の戦いの直後の八月には、越前一向一揆の鎮圧に成功する。そして、十一月、信長は権大納言（ごんだいなごん）、右近衛大将（うこんのえのだいしょう）に任じられた。

翌天正四年、安土築城に着手する。

同五年、右大臣に昇進。しかし、六年になると、右大臣と右近衛大将を辞任する。

七年（一五七九）、安土城の天守が完成する。

その六月、信長によき馬を献上するため、忠次が安土城に向かった。戻って来たのは七月十六日だった。その忠次の話に、家康は衝撃を受けた。

「信長公はそのように仰せでござった」

と忠次は言う。

しばらく間があって、

「お方様と三郎様には――」

忠次はその先を改めて口にはしなかった。

「それで、その方は黙って戻って来たのか」

と家康は語気を強める。

忠次は答えない。無理もないことだった。信長に命じられては、一言の言訳も許されるものではないのだ。

「まさか、忠次、はや耄碌（もうろく）したわけではあるまいな」

「情けなきお言葉でござる」

忠次は白目を剥いて家康を睨みつけた。

「しかし――」

信長の命令はあまりにも酷に過ぎる。信長は、一体、なにを考え、なにを恐れてかかる措置に出たのか。そもそも、そこが家康には理解出来なかった。

家康と忠次は、浜松城の二の丸居館の書院で向かい合っていた。

二人の間に沈黙が落ちた。家康と忠次はそれぞれの思いの中で苦悶する。信長は、築山殿を誅殺し信康に自刃させろと家康に伝えよ、と忠次に命じたのだ。

「信康はわが徳川家の嫡子だぞ」

と家康は呟くように言う。

「承知しておりまする」

「それなら、その方とて、返答のしようがあったのではないか」

忠次は分厚い唇を固く結んでなにも言わない。その顔は、くどい、と心に叫んでいるようだった。

信康は若さが横溢(おういつ)している溌剌(はつらつ)とした若武者である。二十一歳になる。所作(しょさ)の一つ一つがきびきびして、見ているだけでも小気味がよい。

信康が十七歳のときだった。武田軍の先手五、六千騎が大井川の向こう岸に出陣して来た。家康はこれを避けるため、退却を決意する。そのとき、信康が、

「それがし殿を承りまする」

と言った。

地形が険阻ゆえ、家康は危ぶんだが、ここは信康に任せた。高台に到って信康の手勢を遠望すると、信康の見事な指揮振りに感嘆させられた。その反面、信康には粗暴、短慮な一面があることも、家康は承知している。

信康は傲岸なところもあって、譜代の重臣にも敬意を払わない。重臣の言などに耳を貸そうともしなかった。勢い、忠次、数正、忠世ら重臣たちと信康の間はぎくしゃくしている。

この戦国の世である、いつ主がこの世を去ることになっても、なんの不思議もない。そうなれば、徳川家では、当然、信康が主君となる。そのとき、重臣たちはどのように扱われるか、彼らはそれも心配になって来るのだった。こうして彼らと信康の間に反目が生まれ、家康にはそれも気懸かりだった。

家康と築山殿との間には、信康と亀姫の二子が生まれた。しかし、いまでは、二人の間は冷え切っている。築山殿は今川義元の妹婿関口義広の娘である。家康がその今川から離れて、今川の仇敵たる信長と手を組んで以来、築山殿は家康を許そうとしなかった。

信康もまた正妻徳姫（とくひめ）との仲が芳しくない。信康と徳姫は同い年で、五歳で婚約し、九歳で婚姻の式を挙げた。しかし、徳姫は信長の娘であり、信康には今川の血が流れている。その今川を滅亡させたのは信長だった。築山殿にとっても信康にとっても、徳姫は憎っくき仇敵の娘ということになる。

家康が浜松城に移り住んだとき、岡崎城は信康に委ねられた。以後、信康は、岡崎三郎信康、と呼ばれることになった。築山殿が信康と岡崎に残ったのは言うまでもない。若い夫婦に二女が生まれた。築山殿は苦い顔で、

「女子（おなご）ばかり生ませて、一体、なんとする。男の子が出来ねば、一国一城の主とは言えまい。姫が女子しか産めぬのなら、側室を持つがよかろう」

と築山殿は信康に言った。

そして、甲州生まれの若い美貌の女を信康に宛（あて）がった。徳姫が嫉妬に苦しむことも、築山殿の狙いの一つだった。

築山殿自身も深い嫉妬の闇の中で生きていた。家康は事もあろうに築山殿の侍女於万の方を側室にし、次子秀康（ひでやす）を産ませた。今年の四月に三男秀忠（ひでただ）を生んだのは於（お）

愛の方である。

築山殿は一人身の寂しさに耐えかねて、家康に書状で訴えたこともある。

〈私は貴方様の歴とした正妻です。徳川のお家を継ぐべき嫡男の母親でもあります。それなのに、なにゆえ、私を慈しんで下さらぬのですか〉

家康を嫌い憎んで遠ざけたのは自分であることを、築山殿は忘れているようだった。

「馬鹿め！」

と家康はその書状を破り捨てた。

やがて、築山殿の中には、家康への憎悪が生まれて来た。

「女とは煩わしい生き物よのう」

と家康は本多正信に嘆いたものだった。

「すべては殿の御身から出たことでござる」

と正信は取り合おうとしなかった。

「男は国を守り、臣を守り、民を守るために、命を懸けて日々戦うておるのよ。それが女には分からぬのか」

「いずれ、すべてが殿の御身に撥ね返って参りましょう」

「坊主臭いことを申すでないわ」

その撥ね返りが、築山殿と信康の死という信長の命令となった。しかし、それは易々と受け入れられるものではない。

築山殿との仲がどうであれ、築山殿は家康の正妻である。信康には欠点もあるが、誰にも欠点はある。徳川家を継ぐになんの不足もない、と家康は思っている。

信長は、一体、なにを考えているのか。

「忠次、その方、奥歯にものの挟まったがごとき物言いをしているが、なにを遠慮しておるのだ。信長公が話されたことのすべてを伝えよ。さもなければ、おれはなにも決断出来ぬではないか」

忠次は黙って俯いていたが、やがて、顔を上げて家康を真正面から見た。

「分かり申した。迂闊（うかつ）ながら、殿もわれらも気づかなかったことが、徳姫様によって白日（はくじつ）の下（もと）に晒されたのでござる」

「むっ？」

「さらばでござる――」

二

築山殿は常に体の不調を訴えていた。様々な薬草を取り集めてこれを口にしても、効き目がない。僧侶の祈り、神官のお祓いまでやってみたが、効果は得られなかった。

そんなおり、減敬という唐人が甲斐から岡崎にやって来た。この減敬の評判が大変よい。そこで、築山殿は減敬を城に呼んで治療を受けた。評判通りよく効いて、体が楽になった。少し若返った気もするくらいだった。

築山殿は減敬を側から離さなくなった。やがて、わが身を減敬に与え、築山殿は減敬の虜になってしまった。長年の一人身と嫉妬の苦しみからも解放されて、わが身の春を謳歌するがごとき日々を送り始めた。

「母上の好きにさせて上げればよかろう」

と信康は徳姫の咎め立てするような不満の言葉を無視する。

信康は笑って見ていた。

やがて、減敬のどういう言葉に籠絡されたのか、築山殿は減敬の言うがままに、武田勝頼と通謀するようになった。築山殿と勝頼は遠縁ながら血が繋がっている。

双方の合意の主な内容は、

一　信康の説得は築山殿がなす。

一　築山殿は家康と信長を謀略をもって亡き者とする。

一　事が成就した暁には、信康は家康の旧領と信長所領の一国を得る。

荒唐無稽（こうとうむけい）な企てだが、築山殿と勝頼の間で誓紙が交わされた。そして、減敬は忽然と姿を消してしまった。

この一件を感づいたのは、築山殿に仕える侍女だった。侍女の妹が徳姫の許にいる。姉が密かに妹に報せ、妹は徳姫に訴えた。そして、徳姫は長い書状を父信長に送った。そこには、十二か条にわたって、信康と築山殿の悪行と謀叛の企てが記されていた。

信長は忠次にその書状を読んで聞かせて、忠次がどこまで承知しているかを問うた。さすがの忠次も、減敬の存在と武田との通謀については知らなかった。しかし、事は北の方に関わる醜聞である。家康にあからさまに話すには躊躇があったようだった。

「さて、如何したものかのう」

と家康は独り言のように呟いた。

新築なったばかりの浜松城の天守閣にいる。最上階の外廊には意外にひんやりした風が吹き抜けていた。眼下に城下が一望に広がり、視線を上げれば、彼方に遠州灘(えんしゅうなだ)、東に天竜川、西に渥美半島がぼんやり望見出来る。傍らに半蔵の長身が寄り添うように佇んでいる。

「減敬と名乗る者、そ奴は間違いなく武田の竹庵です。竹庵に易々と岡崎城に潜り込ませるなど、それがしの不覚でござった」

と半蔵が言う。

家康は答えない。下膨れした家康の顔に表情らしきものはない。家康も半蔵も、いつしか三十八歳になっている。

一瞬、家康の心が空っぽになった。信康のことも築山殿のことも脳裏から消えた。心に広がるのは過ぎ去った日々への愛惜と、そこから生ずる寂寞(せきばく)の思いだった。

ふと、青春、という言葉を思い出した。いつか文書の中で出合うた憶えがある。清新で暖かみのある言葉だったから記憶に残っていた。

おれにも、青春、はあったはずだ、と家康は思う。だが、あっという間にそれは過ぎ去ってしまったようだな。

青春を生きる者は、青春を意識することなく、その瞬間々々を精一杯に生きている。家康も例外ではない。幾多の戦いの場に身を置き、不思議な偶然に救われて生き長らえて来た。そして、領国を広げ、妻と側室と子を得たのだった。

その間、妻の苦悩にも子の悩みにも関心はなかった。すべからく、わが言に従っておればよい、と家康は頭から信じていた。いつ、如何なるときでも、正しいのは家康であって、他の誰でもない。それが家康の信念だった。

しかし、家康も間もなく不惑を迎える。青春の日々に過ちがあったのなら、その付けを支払わねばならぬ歳になったのだ。

「いずれ、すべてが殿の御身に撥ね返って参りましょう」

と正信も言ったことがある。

そういうことなのか、と家康は己に呟いた。

「殿！」

と半蔵が訝しげに声を掛ける。

「うむ」

と家康はわれに返った。

「竹庵を捕らえ、信長公の前に引き据えまする。公ならみすみす武田の罠に掛かる愚を、敢えて冒されはなさりますまい」

家康は答えない。家康にはまだ信長の真意が読めていないのだった。

公はおれを試しているのか。公に対するおれの忠誠がどこまでのものか、それを知ろうとしているのか。それとも、おれと公の関係は形の上では同盟者である。が、実際は、おれが公に臣従している立場にあることを、思い知らせたいのか。もしかすると、信長は信康を恐れているのではないか、とも思う。将来、信康が器量雄大な武将に成長したとき、信長にどう対するか、それを危惧しているとも考えられる。信康には今川の血が流れているのだ。

「無駄なことだ。公ほどのお方が武田の策略に気づかぬはずがあるまい」

と家康は半蔵に言った。

いずれにしても、いまの家康に、信長に抗する力のないことは明白である。武田の侵攻から三河、遠江を防禦出来たのも、信長あってのことである。信長との同盟が破れれば、徳川家の存続そのものが危うくなりかねない。

「しかし、三郎様は徳川家の立派な嫡男ですぞ。これからの徳川家が大きくなるも小さくなるも、三郎様のご器量次第。殿はその三郎様をむざむざと死なせなさいますのか」

胸を張って、否、と信長に告げられよ、と半蔵は言っているのだった。威勢のいいことだ、と家康は苦笑する。

「三郎様は、いまだ、二十一歳。花の盛りの命をあたら散らせますのか」

そうか。信康はいまが青春の真っ盛りか、と家康は思った。と、顔に当たる風が、なぜか、冷たく感じられた。

「話は終ったな」

と家康は半蔵に言った。

しばらくして、

「この半蔵にお命じになられることが、他にはありませぬのか」

と半蔵が問う。

築山殿と信康を密かに生かせる道を見つけよ。そう命じれば、半蔵なら生涯を掛けてそれをなし遂げることが出来る。が、そのような姑息な手立てはとりたくない。そういう小細工は、いずれ、誰の目にも明らかになるものなのだ。

「ない」

と家康ははっきりと言い切った。

半蔵はなにも言わない。長身を佇立させたまま、目を閉じて顔を風に晒している。その横顔が、不甲斐ない、と家康を叱責しているようだった。

家康は信康の身柄を岡崎城から大浜に移し、数日後には遠江の堀江に、さらに二俣城に移した。徐々に安土から遠ざけたのだ。二俣城主は忠世である。家康に出来たことはそこまでだった。それがなんの役にも立たないことは、端から分かっている。それでも、家康はそうせずにはいられなかったのだ。

その上で、半蔵と天方通綱の両名に、

「二俣城に赴き、信康に切腹させろ」

と命じた。

切腹の日を九月十五日、と定めた。

三

　八月二十九日、家康は築山殿を浜松城に招いた。築山殿はなんの疑いもなく迎えの駕籠に乗った。家康に会って、信康の命乞いをしなければならぬ。その思いで一刻も早く家康に会いたかった。徳姫という信長の娘の恐ろしい正体も家康に話したい。そのためにも、渋面であってはならない。そう思うから、道中、迎えに来た岡本平左衛門と野中三五郎にも、機嫌よく話し掛けたりもした。

　それ以上に、家康がわざわざ浜松に呼んでくれたことが嬉しかった。昔のように、再び仲睦まじく暮らせることになるのかも知れない。そんな甘い思いも心の片隅にはあった。

　駕籠は浜名湖を渡り、佐鳴湖を過ぎ、小藪に上がる。間もなく、富塚という寂しい谷間に差し掛かった。浜松城は近い。岡本が竹藪の傍らで駕籠を止めさせ、

「お方様、お疲れになられましたろう。この辺りで、お体をほぐしなされては如何

でございまするか」

　と声を掛けた。

　築山殿は軽く頷いて、駕籠の外へ出た。竹藪の端の方に、山萩（やまはぎ）が一塊（ひとかたまり）になって咲いている。築山殿はその萩に惹かれるように歩いて行った。と、岡本が素早くその前に回り込んだ。築山殿は足を止め、訝しげに岡本を眺めやる。

「主命でござる。ご免！」

　岡本は脇差を抜くと、築山殿の左胸乳（むなち）の下に突き刺した。

「あっ」

　と築山殿が声を上げる。

　その瞬間、背後から野中が無言で袈裟（けさ）に斬り下げた。築山殿は苦悶の呻きを洩らして仰（の）け反（ぞ）り、その場に崩れた。深紅の絹物の上に黄の小袖を着て、純白の絹の召物を羽織っていた。純白の絹が見る見る鮮血に染まって行った。

　岡本と野中は浜松城に戻って、家康に首尾よくなし遂げたことを報告した。

「そうか」

　と家康は不興気に頷く。

命じたのは家康本人だが、むろん結果は気に入らない。女のことゆえ、他になしようもあったのではないか、という思いもある。そう思うのは両名には気の毒だと承知していながらも、それが表情に出る。岡本と野中は顔色を変えた。

主命とはいえ、主君の御台所（みだいどころ）を斬ったのである。家中の者は両名に白い目を向けた。面と向かって罵倒する者もいる。それを知りながら、家康はなにも言わない。言えなかったのだ。そういう己にうんざりするが、家康自身にもどうにもならない。

やがて、耐え切れなくなった岡本は半ば気が触れたようになった。野中は在所に引き込んで閉居してしまった。それでも、家康は彼らに一言も声を掛けられなかった。

築山殿の遺骸は西来院（せいらいいん）に葬られた。

二俣城は二俣川と天竜川が合流する台地上に築かれている。城の西と南を天竜川が、東を二俣川が流れて、天然の要害をなしていた。半蔵と天方通綱が二俣城に着いたのは、九月十四日の夜更けだった。

忠世は半蔵と通綱を御用部屋へ案内した。近侍の者を去らせて、二人に向かい合う。眉間に皺を寄せ、口を固く結んでいる。この年、忠世は四十八歳になる。

「殿はお肚を決められたのか」

と訊く。

半蔵は黙って頷く。

「くそっ！」

吐き捨てるように言って、

「いつだ」

と問う。

「明十五日」

「うむ」

忠世は小さい呻きを洩らすと、じっと半蔵の顔に視線を当てた。半蔵は無表情に見返す。やがて、忠世は目を逸らし、

「殿がお決めになられたことなら、そうするしかあるまい」

と言った。

突如、通綱が拳を両膝に強く押し当て、肩を震わせて声もなく泣き出した。

「泣くな。見苦しいぞ。泣いたとて、どうなるものでもないわ」

と忠世が声を荒げる。

しばらく沈黙があって、やがて、唐突に忠世が口を開いた。

「わしはこう信じておるのだ。殿のお体には先々代の清康公と先代の広忠公の血が流れておられる」

忠世自身は清康を知らないが、広忠には仕えていた時期がある。清康は瞬く間に三河を席巻して平定し、広忠は忍従の生涯を送らざるを得なかった。そして、家康はこの二人の血を受け継いでいる。

若き日の家康は、まるで清康の化身のごとく、恐れを知らず、縦横無尽の働きを見せた。しかし、三方ヶ原で信玄に手痛い敗北を喫して以来、家康は先代が歩まざるを得なかった忍従の道を、己に強いているかに見える。これは忠世一己(いっこ)の意見ではなく、伯父の忠俊(ただとし)も父の忠員(ただかず)も同じ考えである。

「この二流れの血が殿の中で一筋の血となられたとき、殿は殿ならではの、古今未曾有(ここんみぞう)の英傑となられよう。わしは心の底からそう信じておるわ」

半蔵も通綱も黙って聞いている。信康のことに触れたくないゆえ、忠世が饒舌に走っていることは明白だった。

「しかし、これはここだけの話にしておいてくれ。臣が主を論じるなどもっての外じゃ」

それから、忠世は姿勢を改め、

「両名とも、お役目に手落ちがあってはならぬぞ」

と厳しく言った。


その夜更け、半蔵は信康が閉じ込められている蟄居(ちっきょ)の間に忍び込んだ。信康の枕元にそっと近づく。

さすがに三郎様じゃ、と思う。信康は己の死が近づいていることを承知している。が、寝息にいささかの乱れもない。気品のある顔にも憔悴の影はなかった。半蔵は灯檠の灯心に火を点じた。

「半蔵か」

と信康が静かな声を掛ける。

「はっ」

信康は臥所（ふしど）に身を起こし、

「よいのか」

と厳重に閉じられている板戸に視線をやった。

板戸の外には警護の者が三名いる。

「眠ってもらっています」

信康は小さく笑った。

「父上はおれの死ぬ日を決めて下されたか」

「明日でござる」

「そうか。お役目、ご苦労」

「この半蔵に、なにかお命じになられることはありませぬか」

「その方に介錯（かいしゃく）を頼む」

「まこと、他にはありませぬのか」

「ない。これでよいのだ。すべてはこの身が引き起こしたことだ。その始末はこの身でつけねばならぬ」

「潔（いさぎよ）い、と申せませぬ」

「おれは誰も恨んではおらぬ。信長公と父上には落胆させ、徳姫には悲しい思いをさせてしもうた。母上が哀れでならぬ。母上だけではない。父上も哀れだ」

「――」

「が、これだけは言うておかねばならぬ。おれは父上に叛こうとしたことなど、一度もないわ」

「分かっております。殿も分かっておられる。それでも、有為（ゆうい）の身を無駄に散らせますのか」

「無駄ではない。死ぬのがいまのおれの役目、死なせるのがその方の役目だ」

信康は、ふっ、と笑いを洩らす。

「鬼の半蔵ともあろう者が、なにを狼狽（うろた）えておるのか」

信康は、一瞬、どこか遠くを想いやる表情を見せた。それから、ごろり、と臥所に横になり、

「おれは眠るぞ。明日は厄介を掛けるが、よろしく頼む」

と言った。

灯心が、ジジジ、と地虫が鳴くような音を立てた。

「いま一度、お尋ねいたす。この半蔵にお命じになられることは、まこと、ないのでござるな」

「半蔵もくどいぞ。この戦国乱世にあっては、家を守るため妻を殺し子を殺すことなど、どこにでもある話だ。だが、おれが父上なら、こうはせぬ。それだけは父上に伝えてくれ」

信康は仰臥した体に薄物を掛けて、

「去れ」

と手を振った。

翌日、信康は蟄居の間において、忠世を見届け役として、見事に腹を掻っ捌いた。

「半蔵、介錯！」

と信康が苦しい息の下から叫ぶ。

半蔵は凝固として動かない。

「半蔵！」

と信康が呻く。

が、半蔵は動けない。

見かねて、通綱が太刀の鞘を払った。

「介錯仕る。ご免！」

一太刀で信康の首を落とした。通綱が振るった太刀は、またしても千子村正だった。

翌日、通綱は家を捨て名を捨てて高野山に登った。

半蔵の報告を家康は無表情に聞いた。ややあって、

「鬼の半蔵、と異名を持つその方でも、主の子の首は討てなんだか」

ぽつり、と言った。

その半蔵の心が嬉しいのか、悲しいのか家康自身にも分からない。それを聞く己の心を見ているもう一人の己がいる。それが疎ましいのだった。

「通綱の太刀は村正だったのか」

と家康は呟いた。

「たまたまでござろう。いまの世に、村正を遣う士は少なくありませぬ」

と半蔵は言う。
家康は答えない。
その日の内に、半蔵の姿は浜松から消えた。

四

甲斐国は四囲を峨々たる山脈に囲まれている。それらの山脈が天然の要害をなしていた。その中心地が甲斐府中、そこに信玄の父信虎が築いた躑躅ヶ崎館がある。これに要害山城、隠居曲輪が付属していて、甲斐の本城をなしている。半蔵は、単身、京丸と呼ばれる秘境を目指して甲斐の山中を進んで行った。京丸は天竜川の支流気田川を遡った一郭で、鹿も通わぬと言われている。半蔵は樵の身形をして獣道を辿り、樹々や灌木の間を抜け、大小様々な雑草を踏みしだいて行く。

忍びの世界では、伊賀者、甲賀者を中心にした不思議な連絡網がある。この連絡網を使って、半蔵は竹庵を京丸に呼び出した。竹庵がこの呼び出しに応ずるか否か、それは行ってみなければ分からない。

竹庵が応じなければ、次なる手段で捜し出さねばならない。それがどれほど危険であり、無謀な振舞であるか、むろん半蔵は承知している。忍びとしては冒(おか)してはならぬ危うい賭でもある。

が、如何なる手段に訴えても、竹庵は捜し出さねばならない忍びであった。その首を刎ねることが、信康と築山殿への供養になればよい、と半蔵は思っている。家康への僅かな慰謝(いしゃ)にでもなれば、望外の喜びである。三河で竹庵に好き勝手をさせたのは、半蔵自身の責任でもあった。

京丸は鬱蒼(うっそう)と繁った樹木と大小の岩石から成っている。岩の間から清水が湧き出し、細い流れを作っていた。半蔵が辿り着いたのは、夕暮が近い頃合だった。確かに鹿はおろか生き物の気配すらない。山中が急に冷えて来た。

「待っていたぞ、半蔵」

突如、声がして、竹庵が前方の樹間に姿を見せた。巨樹の幹に凭(もた)れて腰を下ろしている。距離は二十間ほどか。半蔵の足下は斜面で、竹庵は上方にいる。竹庵の方が戦いに有利な場を占めていることになる。

「有り難い。これでうぬを捜す手間が省けるわ」

と半蔵は声を上げた。

「三河に潜入したときから、こうなることは分かっていた。それほど、この竹庵の首が欲しいか」

「今更、なにを吐かすか。それにしても、よく出て来てくれたものだ。その点は礼を言わねばなるまい」

「半蔵に狙われては、おれと半蔵で決着をつけるしかあるまい」

しかし、相手は竹庵である。どのような罠を用意しているか、知れたものではない。

竹庵が立ち上がると、歩を進めて半蔵との距離を縮めた。なにを狙っているのか、まだ、半蔵には読めない。

竹庵は距離を十間ほどに縮めると、斜面に腰を下ろした。その仕草にどことなく老いが感じられる。が、油断はならない。

「どういうつもりだ」

と半蔵は言った。

「まあ、いいではないか。こういう機会は二度と来るものではない。忍び同士、少し話し合うても、よいのではないか」

竹庵に如何なる企みがあるのか、半蔵は困惑する。

「信玄公はおれには神のようなお方だった」

と竹庵は唐突に話し出した。

半蔵が聞いていようがいまいが、頓着ない風である。

「お館様がおれに命じられることは、どれもこれもまともで筋の通ったものじゃった。つまり、おれを家臣の一人として扱うて下された、ということだ」

「――」

「だが、勝頼様は違う。おれは如何なる汚れ仕事でもなさねばならぬ、下等な一疋の忍びに成り下がってしもうたのよ」

「いつまで、愚にもつかぬ御託を並べておるのか」

と半蔵は声を荒らげる。

それを無視して、

「それに、老いた。半蔵に狙われては、逃げ果すことは難しかろう。老い先短いこの命、欲しければくれてやるわ」

「よし。ならば、そこを動くな」

半蔵が一歩踏み出すと、

「待て」

と竹庵は掌をこちらに向ける。

もしかすると、竹庵は時を稼いで、日が落ちるのを待っているのか、と半蔵は思う。が、それなら、自ら半蔵の前に姿を現すことはなかったのだ。

「いずれ、半蔵の身にも同じことが訪れる。家康も人が変わるし、半蔵も年を取る。忍びとはそうしたものなのだ」

「そこまでだ！」

半蔵が怒りの声を上げるのと、竹庵の姿が忽然と消えるのが同時だった。しかし、半蔵の目は過（あやま）つことなく竹庵の姿を捉えている。竹庵は跳び、撥ね、転がり、走ったが、半蔵は着実に竹庵を追い詰めた。

半蔵が竹庵を仕留めるには、四半刻（三十分）の半分の時も要することはなかった。

半蔵は竹庵が帯びていた小太刀を家康に差し出して、一部始終を語った。小太刀

は相州広正の業物である。家康は鞘を払って刃に見入り、

「見事なものだな」

と目を細める。

家康は刀剣好きで、目利きでもある。刃を鞘に収め、広正を半蔵の手に戻す。

「この業物は半蔵の腰にあるのが、ふさわしかろう」

「ならば、遠慮なく頂戴いたす」

「ご苦労だった」

と家康は半蔵を労った。

この十一年後、家康は江戸に移り住み、半蔵は八千石の知行を受け、麹町に屋敷を賜ることになる。その年、半蔵は一寺を建立し、安養院、と名づけた。信康の菩提を弔うためである。安養院は、のち、四谷に移され、西念寺、と改められる。

そうした半蔵の心遣いは家康には有り難い。しかし、それで心が慰められるものではない。信康を喪った無念さ、残念さは、生涯、家康の心を嚙み続けた。

八章　高天神城

一

「機は熟した。高天神城を取り戻すぞ」

と家康は重臣たちを前にして言った。

信康を死なせた翌年の天正八年（一五八〇）七月である。

高天神城は遠江掛川城の南二里の地にある。武田が打ち込んだ東三河南方の楔のようなものだった。武田はこの城を遠江攻略の橋頭堡と考えている。徳川にとっても、高天神城が武田の手にある限り、遠江の完全な平定は難しい。

よって、高天神城を巡る武田との攻防は、家康が遠江に進出した頃から十年にわたって続いている。そして、勝頼の手に帰して以来、六年になる。その間、家康は着々と奪還の準備を進めて来た。

一方、信長は明智光秀に丹波、丹後を平定させ、秀吉を播磨へ派遣して、毛利攻めの準備に掛からせた。摂津では、石山本願寺の顕如と和議を調える。

家康の高天神城攻略の周到な準備は、昨年の秋から始まった。

「なんとしても、高天神城はわれらの手に取り戻さなければならぬ。そのためには、念には念を入れた作戦が肝要だ」

家康は大久保忠世ら重臣に言った。

「よって、われらは智恵を絞ってやれることはすべてやらねばならぬ」

家康の脳裏には作戦の細部まで組み立てられている。しかし、それを得意気に開陳して上意下達するだけでは、よい結果は得られない。重臣たちの意見も十分に聞き取って、これを活かしてやらねば、彼らを存分に動かすことは出来ないのだ。信長とは正反対だが、それがいまの家康のやり方だった。

信長公は天才だが、おれは違う、と家康は真から思っている。

そのときも、議論を尽した結果、途方もない作戦が纏まった。すなわち、来年の夏までに、高天神城を取り巻いて、小笠山、能ヶ坂(のがさか)、火ヶ峰(ひがみね)、鹿ヶ鼻(ししがはな)、中村城山(なかむらしろやま)、三井山に六つの砦を構築する。

　高天神城の周辺に壕を巡らせ、鹿垣、塀、柵、逆茂木、虎落を幾重にも設けて包囲網を完備する。

　六砦の後方には、勝頼の救援軍に備えて深く幅広い壕を掘り、土塁を築いて柵を巡らせる。

　そして、これらを構築する間に高天神城の城下を焼き払い、稲も刈り取って城の糧道を断つ。

　これらをすべて成し遂げた上で、七月十二日、家康は大軍を率いて浜松を発した。本多忠勝、榊原康政、鳥居元忠などを各隊の大将に定め、総兵力は一万一千名に上る。

　十九日、家康は攻撃の根拠地となる横須賀城に入る。横須賀城は高天神城の西方にあり、二年前、高天神城攻略のために築城された平山城である。

　直ちに全軍の兵による高天神城の包囲が完了する。すなわち、一間ごとに兵一名を配するという厳重な包囲網が出来上がったのだ。これでは、文字通り蟻の這い出る隙もない。

高天神城の城将は岡部長教(ながのり)、城兵は千名に過ぎない。力攻めして落とせないことはない。が、高天神城は東、北、南が断崖絶壁で、西は険阻(けんそ)な尾根へ続く天然の要害に守られている。攻めれば、徳川軍にも相当の損害が出る。

無理をする必要はない。勝頼が救援に駆けつけない限り、高天神城はいずれ落ちる。そして、勝頼はいま信長と北条に制されて、動けないはずである、と家康は承知していた。

もう一つ、家康には目論見(もくろみ)があった。高天神城の城兵を無傷で降伏させて、これを徳川の兵とすることだった。それが可能であれば、兵の強化に大いに役立つ、と家康は考えていた。

二

高天神城の城内はとうから兵糧の欠乏に苦しんで来た。徳川軍の厳重な包囲作戦が開始されてからは、飢餓状態はさらに悪化した。落城は目前に迫っている。家康は岡部城将が開城を決意するのをじっと待っていた。

城内には鷺坂甚太夫という忍びの巧みがいる。鷺坂が密かに城を抜け出して、勝頼に救援を訴えた。しかし、勝頼の返答は鷺坂を満足させるものではなかった。

「近い内に、必ず使者を遣わす。それまで、城内は用心堅固にして勤仕するように、岡部に伝えよ」

と言う。

鷺坂は落胆して城に戻って、その旨を岡部に報告した。

「そうか。若殿はそう仰せられたか」

と岡部は落胆を隠し切れない。

勝頼は織田と北条に制されて動きがとれないのだった。それは鷺坂にも岡部にも分かっている。それにしても、つれない返答に城内の士気は上がりようがない。それでも一縷の望みを抱いて、城兵は頑強に抵抗を続けた。家康の降伏勧告には耳を貸そうとしなかった。

十二月、久々に城内に明るい歓声が上がった。その声は包囲している徳川兵の耳にも届く喜色に満ちたものだった。勝頼が駿河から伊豆表まで出馬し、三島に火を放った、という朗報が入ったのだ。しかし、それは束の間の喜びで終ってしまった。

こうして戦線は膠着（こうちゃく）したまま年が改まる。家康は決して急がない。じっと待っていれば、必ず高天神城が落ちることは自明のことだった。急がなければならない理由などどこにもない。それが家康の考えだった。

しかし、忠世ら重臣たちはいい加減うんざりし始めていた。一攻めすれば容易に落とせる城を前にして、なにゆえ、殿は動かれぬのか。

「これで、よろしいのか」

と正信が案じ顔で家康に言った。

「よいではないか。こういう城攻めもある、ということは知っておいても悪くはあるまい」

味方も敵も、如何なる戦においても、犠牲者は少ない方がよいに決まっている。あたら有為な人材を無駄に散らせる必要などどこにもない。その考えの底には、信康を死なせてしまった悔いがあるようだった。

天正九年（一五八一）二月、勝頼が一万五千の軍勢を率いて三島に進出する。この報に城内は沸き返ったが、これを阻んだのは北条軍三万の大軍団だった。北条軍は軍団の最前列に、ずらり、と無数の鉄砲を配備した。これに威嚇されたのか、勝頼は一戦も交えることなく甲府へ引き上げた。

これによって、城兵は最後の望みが断たれた思いを強くした。兵糧はすでになく、城内の雑草も食べ尽してしまった。痩せ細り、口に入る物を求めて、幽鬼のごとく城内をうろつくばかりだった。三月に入ると、餓死者が出始めた。

「もはや、甲州からの救援はあるまい」

誰もがそう思い、それを口に出すようになった。このままでは、城兵のすべてが飢え死し、戦わずして城は徳川の手に帰してしまう。それほど愚かなことがあろうか、と岡部は思った。

「このように踏ん張っていても、われらはいずれは餓死することになる。ならば、決死の覚悟で討って出て、後世に名を残そうではないか」

と主立つ者を集めて言った。

反対する者など一人もいない。

「一人でも多く徳川の兵を斬って、華々しく死のうではありませぬか」

と一同の肚は決まった。

三月二十二日のことである。この日、城内から一本の矢文が徳川の包囲陣の中に射込まれた。

〈家康殿の陣中に幸若(こうわか)太夫ありと聞く。われらが命、今日明日を期し難し。願わくば、今生の思い出に、一曲、承りたし〉

と記されている。

家康はこの矢文に目を通し、しばし瞑目する。糧道を断って城を包囲すれば、城兵は降って徳川の兵となる。それが家康の狙いだったが、狙いは見事に外された。彼らは、全員、死ぬつもりでいる。

愚かな、とは思うが、その決意には家康の胸を打つものがあった。家康の説得などに動かされる城兵は、一人もいないようだった。家康は承諾の矢文を城中へ送り、その準備を命じた。

俄(にわか)に城際の一郭が、敵味方ともに息を潜めるがごとき静寂に包まれた。と、包囲勢の中から幸若太夫が静々と進み出る。太夫は舞いながら一段を謡い上げた。源義経が最期を遂げた衣川の戦い、高館(たかだち)の段だった。

城内から感涙にむせぶ声、啜り泣きの声が聞こえる。包囲の兵も寂(じゃく)として声もなかった。

三

　幸若舞が演じられた日の亥の刻（午後十時）、高天神城の城門が大きく開かれて、決死の城兵が討って出た。二隊に分かれ、一隊は忠世が守る林ノ谷口、いま一隊は龍ヶ谷を急襲する。

　忠世はこれがあるを予測していた。篝火を明々と焚いて、満を持して来襲を待ち構えていたのだ。

「撃て！」

　一斉射撃を浴びせ掛ける。城兵の先陣が、ばたばたっ、と倒れるが、一向に怯まない。敵はすでに死を覚悟しているから、誰一人、銃弾など恐れない。覆い被さるような勢いで襲い掛かって来る。

　次いで、武田最強の騎馬隊が突撃して来た。これを矢と槍で迎え撃つ。足場の悪い狭い場所での白兵戦が展開された。

馬蹄の響き、鉄砲の発射音、槍や太刀がぶつかり合う音、矢叫び、喊声、怒号、悲鳴、馬の嘶きが混じり合い、巨大な音響となって闇を突き破る。

騎馬隊の先頭に立って突入して来たのは岡部だった。岡部は、

「われこそは、城将岡部長教なり！」

と繰り返し大音声で名乗りを挙げた。

これを忠世の弟、大久保平助忠教（彦左衛門）が迎え撃った。徒の忠教も大声で名乗るや、長槍を駆使して馬上の岡部と渡り合う。数合の後、忠教が岡部に槍をつけ、岡部は堪らず落馬する。忠教の郎党本多主水が、すかさずその岡部の首を取った。

「大久保忠教、城将岡部長教に槍をつけたり！」

忠教が叫び、

「郎党本多主水、その首を頂戴仕った」

と喚いた。

ときに、忠教、二十二歳の功名である。

龍ヶ谷においても壮絶な戦いが展開された。そして、家康は本陣にあって、時々

刻々、伝令によって状況の報告を受けた。負ける戦いではないが、死に物狂いになった敵には油断がならない。家康は状況に応じて、本多忠勝や榊原康政などの救援隊を派遣した。

所詮、多勢に無勢である。徳川兵は城兵を取り囲み、銃弾と矢を浴びせ、槍を突き入れ、太刀で斬り捨てる。死骸の山が築かれて行った。その結果、夜半までに七百四十名の城兵が討死し、高天神城は落城する。

やがて、夜が明ける。城内外は見渡す限り、死屍累々、の光景だった。家康が想い描いていた城攻めの結末とは遥かに懸け離れていた。糧道を断てば、敵は安易に戦わずして降るに違いない、と家康は踏んでいたのだった。が、高天神城の城兵は、見事に家康の目論見を蹴散らしたのだ。

事実、城兵は家康が考えていた以上に、勇猛果敢な強兵だった。その大事な兵のほとんどを殺す結果になってしまった。家康の読みが浅く、作戦が間違っていたのは明らかである。

「ああ」

と家康は思わず声に出して嘆息した。

「如何、なさいましたか」

と正信が訊く。

「どうした、と思うか」

正信は、少時、考え、

「下手な戦をなさいましたのか」

と問い返す。

「まあ、そういうところかな」

「左様でございますか。ならば、次は賢い戦をなさいませ」

「こ奴め、言いよるわ」

正信は、にっ、と汚れた歯を見せた。

ともあれ、高天神城が家康の手に帰して、ここに遠江の完璧な平定がなった。

四

信長による甲斐攻略が開始されたのは、家康が高天神城を降した翌年の天正十年

（一五八二）二月である。信長自ら率いる織田軍は木曾口から、家康は駿河口から攻め入ることになった。二月十八日、浜松城を出陣する。

すでに、武田方は抵抗する気概も士気も失っていた。家康が浜松を発したという風聞だけで、城を捨てて甲府に退く者が続出する。三月一日には、駿河口の守将たる江尻城主の穴山信君（梅雪）までが、家康に寝返った。

梅雪は勝頼の姉婿である。当然、妻子は甲府にある。雨の一夜、梅雪は密かに甲府へ忍んで行って、妻子を連れ出して来た。家康は黙ってこれを見ていた。この梅雪に道案内させて甲府に入り、躑躅ヶ崎館に布陣した。

躑躅ヶ崎館は信玄の父信虎が築造し、信玄が本拠とした居館である。館の主郭は約二〇〇メートル四方の方形をなして、周囲を土塁や幅広い塀が囲む。これに詰の城たる要害山城が配されている。

信玄の居城ともなれば、家康には感慨深いものがあった。

勝頼はこの躑躅ヶ崎館では心許なかったのか、その北の韮崎に新府城を築いた。この城に拠って敵を迎え撃つ拠点にするつもりだったのだ。諏訪へ出陣した勝頼は、情勢が不利であることを知って、新府城に退いた。

「この新府城にいては、織田と徳川、前後に敵を受けて、はなはだ不利でござる。ひとまず、わが岩殿山城に身を休ませなされるがよいか、と思われます」

そう言葉巧みに勝頼に説いたのは、小山田信茂である。信茂は武田家の親類衆の一人で、武田家二十四将の一人に数えられる。信玄、勝頼二代に仕えて来た。勝頼は信茂を信じて、三月三日、新府城を焼き払って、妻子を引き連れて岩殿山城へ向かった。

ところが、笹子峠に達すると、突如、信茂が勝頼一行を邀撃した。勝頼はこれを逃れて、なんとか天目山に辿り着こうとする。が、兵のほとんどが逃げ去り、勝頼の許に残ったのは、僅か四十一名の旗本と五十名ばかりの上臈という有様だった。止むなく、田野という山麓の一軒の民家に隠れて、織田勢の探索の目を眩まそうとした。

しかし、探索の網の目が次第に近づいて来る。ついに、織田軍の滝川一益、河尻秀隆の兵に嗅ぎつけられた。

「これまで、ということか」

と勝頼は笑った。

意外に明るい笑いだった。

「皆の者、覚悟はよいな」

勝頼夫人は北条氏康(うじやす)の女(むすめ)である。夫人はにっこり笑い返す。上臈たちの間から啜(すす)り泣きの声が洩れた。

「これまでよう付いて来てくれた。礼を言うぞ」

それが勝頼の最後の言葉だった。三月十一日、勝頼は夫人、一子信勝(のぶかつ)とともに自刃して果てる。享年、三十七歳。旗本四十一名と上臈五十名ばかりが死出の旅の供をした。ここに、武田家は滅亡する。

その日の内に、勝頼自刃の報が躑躅ヶ崎館の家康の許に届いた。

ついに武田も滅んだか、と思う。信長は多くの名家を滅ぼして来た。最初が今川家で、そしていま、武田家が潰(つい)え去った。今川家が滅んだことで、家康はその桎梏(しっこく)から解き放たれたのだった。そして、最大の敵だった武田家も信長の手によって除かれた。

家康はずっと信長に守られて来たようなものだった。信長のために特別の働きをした覚えはない。にも拘わらず、なぜか、信長は家康を同盟者として遇して来た。

考えれば、不思議なことである。

幾つもの偶然の巡り合わせによって、いまここに己が存在している。家康にはそう思われてならない。ということは、明日、如何なる偶然によってこの世を去っても、なんの不思議もない。そして、そのことはそれだけのことで、そこになんの意味もない、ということは明らかである。

そんなたわいないいつもの思いに、家康はいつまでも耽っているわけには行かなかった。十九日、信長は上諏訪に陣を移した。家康は急ぎ信長に会いに行って、戦勝の祝いを述べた。信長は上機嫌で論功行賞を行い、家康に駿河一国を与えた。

またしても、家康は信長の愛玩物のように、掌の上で転がされている己を知らねばならなかった。

九章　伊賀越え

一

家康は甲斐から浜松に戻り、改めて信長に会いに安土へ向かった。駿河を与えられたお礼言上のためである。酒井忠次、石川数正、本多忠勝、榊原康政らが供をする。家康は穴山梅雪も連れて来た。信長に挨拶させておかねばならない、と判断したのだ。

五月十五日、安土城に到着、信長は機嫌よく家康と供の者に会った。

「家康殿のご接待は日向(ひゅうが)に命じておいたゆえ、ゆるりとなされるがよい」

と言う。

日向とは明智日向守光秀のことである。城での饗応を受けた後、家康主従は城内の惣見寺へ案内された。

「ようお越しなされた。それがし、精一杯、ご接待申し上げる」

と光秀は家康に丁重に挨拶する。

家康はいまでは三河、遠江、駿河の三国を領する大名であり、信長の同盟者でもある。しかし、光秀は羽柴秀吉とともに織田家筆頭の重臣の一人である。近江坂本、丹波合わせて三十四万石を得て、近畿管領の重職にもある。そして、秀吉は近江長浜十二万石の城主であり、中国攻めの総大将の地位にある。光秀、五十五歳、秀吉は四十七歳になる。

そんな光秀の直々の接待に、家康は恐縮するばかりだった。しかも、光秀は十四歳の年長者である。

「明智殿の手を煩わせて、恐縮にござる」

と家康は挨拶する。

「なんの、なんの。至らぬことがありましたなら、どうかご容赦を」

と光秀は客間の灯檠（とうか）の明りに端正な顔を綻ばせた。

家康は、これまで幾度も、光秀、秀吉とともに戦場に出て来た。しかし、二人と親しく語り合ったことはない。どちらかと言えば、口数の多い騒々しい秀吉より、寡黙で謹厳実直に見える光秀の方に、家康は親近感を抱いていた。

人好きのするざっくばらんな秀吉の言動には、どことなく芝居臭い気配があり、心中を覗かせない不気味さがある。それにひきかえ、光秀が口にすること、なすことは安心して信じられる。静謐で感情に走らない点にも共感を覚える。

茶菓が運ばれて来た。

「ご酒の方がよければ、それがし、ご相伴しますが、如何ですかな」

と光秀が問う。

「もう、十分に頂戴しました」

城での饗宴では、家康の目を驚かせる豪華な料理が膳を彩った。膳は本膳に始まり、五の膳まであり、最後に菓子が出た。光秀が食材を京、堺から取り寄せ、料理人に腕を振るわせたものだ、という。信長も光秀の行き届いた配慮に満足の様子だった。

「明智殿は、酒にはお強くない、とみましたが――」

と家康は言った。

「仰せの通りですが、徳川殿がご所望ならお相手いたす」

「いやいや。正直申せば、それがしも酒はあまり好みませぬ」

「そうでござったか」

饗応の料理の豪華さにひきかえ、光秀が住む城内の明智館は質素な造りである、と聞いている。客間の調度もごくありふれた物で、それも必要最小限のものしか置かれていない。それでいて、どことなく清潔で、居心地のよさを感じさせてくれる、という。光秀は己の好みを殺して、家康のために絢爛豪華な料理を作らせたものと思われる。あるいは、信長の好みに合わせたとも考えられる。

「信長様の許でのご馳走役、さぞ、気骨の折れることでござろう。お察しいたす」

と家康は言った。

家康自身はそれほど信長に迎合し、媚び諂った覚えはない。光秀は口許に柔和な笑いを刷いて、

「徳川殿こそ、ようご辛抱なされた」

と言う。

信康と築山殿を死なせた件を指しているようだった。家康には応える言葉がない。

あれはああするしかなかったのだ、と改めて思う。誰かが信康を密かに逃亡させ、築山殿を尼にでもする。そういう処置を心の片隅で思わなかったわけではない。しかし、愚直な三河武士の中には、そういう小細工が出来る者はいないのだ。そして、そういう愚直な三河武士とともに生きて来たからこそ、いまの家康があるのだ、とも言える。

信康が逃亡を受け入れる若者でないことも分かっていた。逃亡出来たとしても、信長がそのことを知れば、信康も家康も決して許さないことも明らかだった。

家康は、許せ、信康、とこれまで幾度心に呟いたことか。だが、おれは誰にどのように罵られようとも、肉親への情ゆえに国を滅ぼし、家臣を苦しめることは断じてせぬ。お前を死なせねばならぬのなら、何度でも死んでもらうぞ。

「上様のご気性の荒々しさは、なまなかのものではありませぬゆえ」

と光秀が慰めるように言った。

武田攻めのおり、従軍していた太政大臣近衛前久に、信長は聞くに堪えない罵詈雑言を浴びせた、という。信長にとっては、もはや、朝廷は尊重すべきものでも、崇拝すべきものでもなくなっていた。

信長は、すでに、右大臣などの官職を辞して、いまでは、無官の一武人である。その上、正親町天皇に譲位を迫っていた。信長の狙いは、一体、那辺にあるのか。光秀はそれを口に出したがっている気配だった。

「なれど、上様のなされるあれもこれも、すべては天下統一のためでござる。天下が静謐になり、戦のない世が来れば、万民が救われます。民百姓、士卒、われら、すべての者の辛苦も報われる、というものです」

と光秀は言う。

「まことに」

家康の頭には、天下のことなど一欠片もない。日々、足下に気を取られ、戦に次ぐ戦の中で、戦のない世、というような言葉は頭から消えていた。しかし、光秀は違った。常にそのことを思い続けて来たようだった。

「一度、浜松へお越し下され。こ度のお礼に、鷹狩りなど馳走いたす」

と家康は言った。

他にこれといった趣味も道楽もない家康である。茶、猿楽、囲碁、将棋、どれをとっても無益としか思われない。せいぜい、名刀が手に入れば、手許に置いてときどき眺めるくらいのものである。鷹狩りも、楽しくはあるが、体の鍛練と民情の視察の方に重点がある。後は、旨い物をたらふく食べることくらいのものだった。

「これは嬉しいお招きだ。ぜひ、伺いたい」

と光秀は素直な喜びを面に表した。

とはいえ、お互い、忙しい身である。それがいつになるのか、誰にも分からない。

「今日はお疲れでござろう。いま、寝所の用意をさせますゆえ、ゆるり、とお休みなされ」

光秀は自ら立って行って、近侍の者に声を掛けた。

二

翌々日の十七日、突如、明智光秀がご馳走役を免ぜられた。出雲(いずも)、石見(いわみ)への出陣を命じられたのだ。毛利の背後を衝くためだ、という。

備中の秀吉から信長に急報が届いたのは、家康が安土に到着した十五日だった。

秀吉は、いま、備中の要（かなめ）である高松城を包囲中である。この高松城救援のため、毛利輝元は吉川元春（きっかわもとはる）と小早川隆景（たかかげ）を向かわせた。大軍である。秀吉は決戦に備えて、信長自らの出馬を要請して来たのだった。

「徳川殿には、なんとも不調法なことで、許されよ」

と光秀は家康に深々と頭を下げた。

そして、出陣の準備のため、早々に坂本へ発って行った。

家康の宿所は城内の高雲寺に移され、ご馳走役は丹羽長秀（にわながひで）らに替わった。信長は出馬を決意し、俄然、安土は騒然となった。

奇っ怪な噂が家康の耳に入って来た。光秀の家康への饗応が気に入らなくて、信長は激怒した、という。その結果、坂本、丹波の領地を取り上げられて、出雲、石見を与えられることになった。しかし、出雲、石見はいまだ毛利の領分である。光秀の出頭もこれまでである、云々。

家康はなんとなく居心地が悪い。

「慌ただしいことになってしもうて、家康殿にはまことに申し訳ない。如何かな、京や堺などをゆるりと遊覧されるがよい。長谷川藤五郎に案内させよう」

と信長は言った。

「お気遣いは無用でございまする。もし、必要なれば、この家康、いつなりと参陣いたしまする」

「なあに、徳川殿の手を煩わせることではないわ」

と信長は笑った。

二十一日、家康は京に赴き、茶屋四郎次郎清延の屋敷を宿所にした。屋敷は新町通蛸薬師下るにある。清延の案内で京を見物し、二十九日、堺へ赴く。堺では堺代官松井有閑の饗応を受けた。

その二十九日、備中出陣の肚を決めた信長は、近臣を引き連れて入京し、四条西洞院通に面した本能寺を宿所とする。家康はそのことを清延の使いの者から聞かされた。それなら、出陣前にいま一度信長に会って礼を述べておきたい、と家康は思った。

五月は小の月で、翌日は六月一日となる。公家衆が上洛を賀して本能寺に集まって来て茶会となった。信長は上機嫌で茶器を披露し、嫡男の信忠とも遅くまで歓談する。信忠は妙覚寺に宿を取った。

書院にある寝所に入ったのは夜更けだった。明け方、信長は、ふと、目覚めた。外が騒がしい。下々の喧嘩か、と思ったが、やがて鬨の声が上がり、客殿に鉄砲が撃ち込まれて来た。信長は体を起こして、

「これは謀叛か」

と駆けつけて来た近侍の森蘭丸に訊いた。

「左様に思われまする」

「何者の謀叛か」

と問い返すと、

「明智が者と見えまする」

と蘭丸が答える。

信長は、しばらく、黙思していたが、

「是非に及ばず」

一言、洩らすと、白衣の寝衣のまま書院を出て、客殿へ向かった。客殿では近侍の者が必死に戦っていた。

信長を警護する御馬廻は本能寺の外にいる。寺内には蘭丸以下の近習が七、八十名いるばかりだった。怒濤のように押し寄せる明智の討手を退けることは不可能である。

信長は近習らと一緒になって、弓を手にして矢継ぎ早に数矢を射たが、弓弦が切れてしまった。止むなく、槍を手に戦い、肘に傷を受けた。

周りで女衆が群がり騒ぎ立てていた。

「女は苦しからず、急ぎ罷り出でよ」

と信長は叫んで、彼女らを逃れさせた。

すでに、客殿は火と煙に包まれている。信長は槍を捨てると、くるり、と背を見せて、書院の奥に姿を消した。

背に矢を受けた信長を見た者がいる。全身、血に塗れながら、静かに手と顔を洗っている信長を目撃した者もいる。腕に弾丸を受けながら、薙刀を振るって戦っている信長も目撃されていた。

こうして、信長は火に包まれた書院の奥深くで命を絶った。四十九歳だった。

家康が堺を発ったのは二日の朝である。一行が河内(かわち)の飯盛山付近に差し掛かったときだった。前方から二頭の馬が砂塵を巻き上げて駆けて来る。一行は足を止めて、馬を除けようとした。

驚いたことに、馬は二頭とも一行の手前で、蹈鞴(たたら)を踏んで止まった。乗り手は清延と供の者だった。

「家康様!」

と清延が叫び声を上げる。

ひらり、と下馬すると、息を弾ませたまま、家康の顔を正面から見つめて、

「信長様が亡くなられました」

と言った。

一瞬、家康はその言葉の意味を摑み損(そこ)ねた。

「信長様が討たれなされたのです」

と清延が続ける。

「なに!」

「明智様が本能寺へ――」

「なにを戯けたことを申しておる」

「信長様が本能寺において、明智様にお討たれなされたのです」

清延は大きく息を吐き出して、

「今朝未明、明智の軍勢が本能寺を襲撃し、信長様は果てられました」

と改めて言った。

家康は目を剝いて、汗塗れの清延の顔をじっと見つめる。信長様が亡くなられた？　信じられないことだった。

不意に、足下が揺らいで、立っている地面が陥没して行くような失墜感を家康は覚えた。体も心もどこまでも墜落して行く感覚だった。

出雲、石見へ向かうはずの明智の軍勢一万三千が、二日寅の刻（午前四時）、本能寺を襲撃して信長を死に至らしめた。二条城に立て籠もった信忠もまた自刃して果てた、という。

「して、お遺骸は？　御首級は？」

己でも馬鹿なことを訊いている、と思う。が、なにか口にしていなければ、叫び出しそうな怖れがあった。

「詳しいことはなにも分かりませぬ」

と清延も困惑の態である。

明智光秀ともあろう者が決意したのなら、討ち洩らすことなど決してない。間違いなく信長は死んだのだ。

なにか凭り掛かる物が欲しい、と家康は痛烈に思った。それがなければ、倒れてしまいそうな気がする。これまで、己がどれほど信長の庇護を受け、どれほど信長に頼って来たか、家康は改めて知った。

突如、三年だ、と思った。信長の言によって、信康を自刃させ、築山殿を死なせたのは、僅か二年八か月前だった。たったの二年と八か月、その間信長の目を眩ませていれば、信康も築山殿も死なせずに済んだのだ。

「殿！」

数正が叱咤するように家康に呼び掛けた。

三

数正の鋭い声に、はっ、と家康はわれに返った。頭の中の靄が晴れ、不思議なほど考えが明瞭になった。

これは危ない、と気がついた。家康一行は供を含めて総勢六十名ほどになる。武装もしていない。これではどうなるものでもなかった。光秀ならすでに主な街道に兵を派遣して封鎖している、と考えねばならない。

それだけではない。土地、土地の土豪、野伏(のぶせり)、野盗の類い、あるいは落武者狙いの百姓どもも、それぞれの思惑で蜂起することになる。地理も分からぬこの地から、無事に浜松まで帰り着けるとは思われない。

だからといって、光秀に降って臣従を誓う。それは出来ない。信長にも臣従して来たわけではないのだ。光秀がなにを考え、なにを思って事を起こしたのか、それも分からないのだ。一戦も交えずして、その光秀の支配を受けることなど、出来ようはずがない。

「殿！」

と今度は忠次が声を掛けた。

家康は、じろり、と一同に視線を巡らせ、

「われら、これより直ちに京に入り、明智勢と一戦に及び、知恩院にて追腹仕る」

と言った。

知恩院は徳川家とは縁の深い寺院である。死場所として不足はない。おれもはや四十一歳、たっぷりとわが青春を謳歌して来たわ。思い残すことなどなにもない。そう思うと、なんだかすべてがさばさばして来た。

「忠勝、先導しろ」

と家康は命じた。

一同は、しばらく、黙って突っ立っていた。やがて、忠勝が家康に真っ直ぐな視線を注いで、

「殿のお言葉、ごもっともに存ずる。先導仕るになんの異存もござらぬ。なれど、殿の大事ゆえ、弱輩の身なれど、思うところを一言申し述べとうござる」

と言った。

「なんだ、申してみよ」

「信長様のご恩に報ずるためと仰せなら、ここは、どのような艱難辛苦を舐めようとも、まずは国へ帰り着くべきでございます。その上で、軍勢を催して攻め上り、

光秀が首を討ち落とすことこそ、まことの道ではございませぬか」

康政も進み出て、

「ただいまの忠勝の言、それがしも同意でござる」

と言う。

本多忠勝と榊原康政は同い年で、当年、三十五歳になる。

忠次が大きく頷き、

「忠勝、康政、よくぞ申した。殿、それがしも両人が申し条、もっともと存ずる」

と言った。

数正も、

「殿、ご一考を」

と迫る。

「馬鹿者！」と家康は一喝する。「それが叶わぬゆえ、追腹切るのではないか。野山に迷い、果ては野盗どもの餌食となる。それが口惜（くちお）しいゆえ――」

「そうとばかりは言えませせぬ」

清延は表情を改めて、

「この地から三河までどのような道筋をとればよいか、私には私なりの考えがございます」

と言う。

案内役の長谷川藤五郎も進み出て、

「卑劣なる明智光秀を攻め滅ぼすことなく、腹切るは如何にも無念でござる。徳川様が軍勢を催されるとき、それがしが先駆けして討死いたしとうござる。三河までの道案内はそれがしが仕る」

と涙ながらに訴えた。

家康は瞑目する。一同が固唾を飲んで、家康の言葉を待っている。

「相分かった。やれることはすべてやってみるか」

腹を切るのはいつでも出来る、と思い直した。

忠勝が、つと、一同から離れて、供の者に周りの警戒に当たらせる。忠次と数正は長谷川、清延と寄り合って、とるべき道筋について相談を始めた。

「梅雪殿はどうなされる」

と家康は梅雪に視線を向けた。

梅雪は二十名ほどの供の者に囲まれて、案じ顔で聞き耳を立てていた。

「われらとともに三河へ向かわれるか」

「さて、どうしたものか」

この異常事態に、梅雪は梅雪なりに思い案ずることがあるようだった。それは、もしかすると、家康によって暗殺されることを恐れているのかも知れなかった。

道筋は三河への最短距離である伊賀越えと決まった。一行は直ぐさま出発した。梅雪は渋々の態で付いて来た。

馬の数は十頭ほどで、供の者はすべて徒（かち）である。先頭は騎馬の忠勝が行く。〈蜻蛉切り（とんぼぎり）〉と名づけられた長槍を立てて、辺りの気配を窺いながら馬を進めた。殿（しんがり）は康政である。

清延と長谷川は先行して、道筋の村や集落の住人に相応の挨拶をして歩いた。清延は京を出るとき、こういうことのあるのを予測して、銀子を八十枚ほど用意して来た。それを四、五枚ずつ差し出して、家康一行を丁重に迎えることを依頼し、ときには道案内に住民を雇ったりもした。さすがに犀利（さいり）な商人であるだけに、金の力がどれほどものを言うか、清延はよく心得ていた。

　その日は、宇治田原（うじたわら）を目指し、草内（くさじ）の渡しに差し掛かったのは夜だった。突如、後方から鬨の声が聞こえた。

「梅雪ではないか」

　と家康は振り返る。

　梅雪主従は決断のつかぬまま、一行の後方を付いて来ていた。それが土豪か野伏に襲われたようだった。

「直ちに臨戦態勢をとれ！」

　と家康は命じた。

　一同は道を逸れ、広い河原に下りて一塊（ひとかたまり）となる。数名が物見（ものみ）に走った。彼らは直ぐに戻って来て、梅雪主従がことごとく討ち果たされた、と家康に報告する。

　その直後、

「うおっ！」

　野太い喊声が上がって、敵が松明（たいまつ）を掲げて闇の中から現れた。いずれも徒で、野盗の一団と見える。

「離れるな。固まって戦え」

と家康は下馬して、腰の太刀を抜いた。松明の火をすべて消して、川を背にする。忠勝、康政ら騎馬の者は敵に気づかれぬように静かに一団から離れた。

不思議なことに、家康の中に若々しい血が甦って来たようだった。それは青春の日々に家康を駆り立てた血だった。信長でさえ、不慮の死に見舞われたのだ。家康がここで死んでも、なんの不思議もない。

だが、おれは死なぬ、と家康は心に誓う。野盗ごときのために命を落としてたまるか。

敵が迫って来た。彼らは梅雪主従を屠（ほふ）った勢いのままに、

「やれ！」

頭（かしら）らしき者の合図で、一斉に襲い掛かって来た。

「掛かれ！」

家康も声を張り上げる。

「容赦するな。一人残らず斬り伏せろ」

「おう！」

供の者は戦場往来の強者揃いである。野盗など恐れる者は一人もいない。慌てず

騒がず敵を迎え撃つ。家康の傍らで忠次と数正が抜刀する。

今日一日、馬上に揺られながら、なにゆえ、光秀は非常の手段に出たのか、家康は幾度も己に問うた。知性も学識もあり、常に冷静沈着に振舞い、決して感情に動かされることのない光秀には、そぐわない無謀な行為に思われる。が、答はいまだにない。

信長の死も、また、偶然の働きの結果であるということになるのか。たまたま、信長の機嫌を悪くする出来事が重なり、それが光秀に降り掛かって来た。そして、これまでなら笑ってやり過ごして来た光秀に、許せぬ、という思いを抱かせてしまったのではないか。

その結果、信長が手をつけた天下統一という壮大な事業が、一頓挫を来してしまった。それを引き継ぐ覚悟と可能性が果たして光秀にあったのか。否だ、と家康は思う。現に、家康は光秀の許に馳せ参じる気にはならないのだった。むしろ、光秀を討って、信長の無念を晴らしたい、と考えている。

ということは、天下の先行きがどうなるか、それはまったく不明であるということになる。だが、家康がなさねばならぬことは明白だった。三河、遠江、駿河の三国を死守することである。そのためには、なんとしても三河へ帰り着かねばならないのだった。

それにしても、信長が不憫であり、不思議なことに、光秀もまた不憫に思われる。

「とう！」

家康は眼前に躍り出た野盗の一人を、一刀の下に斬り捨てた。

そのとき、騎馬の忠勝、康政らが野盗の群れの中へ突っ込んで来た。彼らは野盗が投げ捨てた松明の火を目印に縦横に馬を駆け巡らせ、敵を攪乱し、蹴散らす。忠勝の長槍が次々と敵を斃し、傷を負わせた。

「退け！」

野盗の頭が悲鳴のような声を上げ、あっ、という間に野盗の一統は姿を消した。襲撃の統一のなさに比べれば、見事な逃げ振りだった。後に、数体の死骸が残された。味方に死者は出なかったが、十名ほどが手傷を負った。

その夜の泊まりは、清延が見つけた古寺の厄介になった。本堂に入り切れない者は、狭い境内で野宿するしかない。

問題は食糧だった。供の者が手分けして近くの百姓家を歩き回った。深夜に至って、ようやく全員が握飯にありつけた。とはいえ、一人に一個しか行き渡らない。馬の飼葉（かいば）も水も必要だが、これも僅かしか手に入らなかった。

手傷を負った者の手当も、持ち合わせの薬で応急の処置をするしかない。家康は負傷者全員を寺に残すことにした。そして、軽傷の者に重傷者の面倒を見させることにする。彼らは寺の助けを借りて、河原の死体の始末もつけなければならない。

「よいか、じっと辛抱するのだ。必ず迎えの者を寄越すゆえ、決して無謀なことをするでないぞ」

と家康は負傷者全員に言って聞かせた。

四

翌日は朝から糠雨（ぬかあめ）が降っていた。すでに梅雨に入っている。一行は木津川に達した。これを渡らなければならないが、舟がない。忠勝が河原に馬を走らせて、川岸近くに打ち捨てられた柴舟を二艘見つけた。二艘とも半ば壊れている。忠勝はこれを槍で引き寄せ、主従はなんとか全員向う岸へ渡った。

　宇治田原に近づいたとき、雨に煙る前方に黒々した一塊（ひとかたまり）の影が浮かび上がった。影は狭い道をはみ出して、左右の林や野にまで広がっている。

「百姓だ」

　と誰かが声を発して、一同の足が止まる。

　影がじわじわと迫って来るようだ。次第に様子がはっきりして来る。頬被りをし、手に竹槍、鍬（くわ）、鎌（かま）などを持った百姓の一揆勢だった。その数、二、三百か。

「落武者狩りだ」

　一同の中に衝撃が走る。どこで聞きつけたのか、近在の百姓が馬や槍、刀、果ては着る物を狙って蜂起したらしい。

「恐れるな！」

　先頭の忠勝が槍を扱（しご）いて叫ぶ。

「一気に蹴散らしてくれるわ」

「待て」と家康は前に出た。「侮ってはならぬ。馬を放て」

「銭を撒きましょう」

と清延が言う。

銭を撒き、馬を放てば、彼らは銭と馬に気を取られる。その隙に一丸となって一揆勢のど真ん中を突破する。そうすれば、一揆勢との正面衝突は避けられ、味方の損傷を最小限に食い止められる。それが家康の作戦だった。

「しかし、馬を失うては――」

と忠次は躊躇する。

「構わぬ」

どうせ、飼葉と水の調達に苦労するのだ。先の見通しもない。馬も疲れ果てている。

百姓たちは背を丸め、へっぴり腰で竹槍を突き出して近づいて来る。

「行くぞ。馬を追い立てろ」

と家康は叫んだ。

十頭ほどの馬が嘶き、一斉に一揆勢の中へ走り込んだ。その後を忠勝を先頭に、一行が刃を振り翳して走る。清延と数名の者が四方八方へ銭を撒き散らす。家康も走った。元来、走ることは苦手だが、息が続く限り、雨の中を走り続けた。

「うわっ」

一揆勢は気勢とも叫びともつかぬ声を上げて、てんでばらばらに散らばった。ある者は馬を捕らえようと後を追い、ある者は銭に目が眩んで地面を這いずり回る。武士の突入に度肝を抜かれて道を空ける者、勇敢に鍬を振り上げる者もいた。

雨の中をどれほど走ったか、家康は息が継げなくなって足を止めた。しゃがみ込んで、咳き込む。

「大事、ありませぬか」

と数正が背を擦ってくれた。

なんとか一揆勢を振り切ったようだ。それでも、数名の者が傷を負った。

「大丈夫だ」

と家康は立ち上がる。

己が挫ければ、全員が命を失うことにもなりかねない。

「さあ、行くぞ」

と大声を上げた。

やがて、山道に差し掛かる。鬱蒼と繁る樹々の間を細く曲がりくねった険阻な道が続く。幸い、雨は上がり、一同は歩きながら僅かばかりの干飯(ほしいい)を噛んで餓えを凌いだ。

信楽(しがらき)に着いたのは夜だった。信楽は豪族、多羅尾光俊(たらおみつとし)の支配する地である。多羅尾光俊は長谷川藤五郎の取次で、織田に帰属した豪族である。喜んで家康一行を屋敷に迎えて、赤飯(せきはん)を供してくれた。餓えに苦しんで来た一行は、箸を使うのももどかしく、手摑みで赤飯を口へ運んだ。家康もこれに倣った。

翌四日早朝、屋敷を出立し、さらに山中に入る。いまでは、三十名ほどになった全員が徒である。光俊は御斎峠(おとぎ)まで道案内をつけてくれた。その先が伊賀である。伊賀国は、東は鈴鹿(すずか)山脈、西は笠置(かさぎ)山脈、北は信楽台地、南は布引(ぬのびき)と室生(むろう)の山々が天然の要害をなしている。御斎峠越えの山道は、伊賀に入る山越えの道の一本である。

昨年、伊賀国は信長によって蹂躙(じゅうりん)され、制圧されたばかりだった。女子供まで虐殺され、伊賀侍は散り散りに逃げ去り、山中に籠もって野盗となった。彼らにとって、信長は怨敵(おんてき)であり、その同盟者たる家康もまた仇敵(きゅうてき)である。この伊賀越えがもっとも危険な逃避行の道となる。

「あれは？」

御斎峠に近づいたとき、供の一人が峠の方角を指差した。一条の狼煙(のろし)が上がっている。

一行に緊張が走った。

「油断するな」

と忠勝が叫ぶ。

「固まれ。伊賀者はどこから襲って来るか分からぬ。固まって、前後左右に目を配るのだ」

と家康は言った。

「それがしが殿(しんがり)を仕る」

と康政が後方に下がった。

一行の足が遅くなった。突如、先頭の忠勝が立ち止まる。

「殿！」

と呼び掛けた。

家康が前に出ると、山道の先から背丈のある大きな図体の武士が現れた。

「おお、半蔵か」

と思わず声が出た。

半蔵はゆっくり近づき、

「お迎えに参上仕った」

と言う。

「待ちかねたぞ」

口には出さなかったが、必ず半蔵が迎えに出て来ることを確信していた。

「遅うなって、申し訳ありませぬ。周辺は二百名にて固めましたゆえ、ご安堵下され」

半蔵は家康一行の行方を追う一方で、伊賀、甲賀の忍びの者を糾合して警護につけた、と言う。食糧の手配もつけてあるらしい。それを聞くと、全員の口から歓声が上がった。家康も全身から力が抜ける思いだった。

「よう駆けつけてくれた」

「必ず、三河へお連れいたす。あと二、三日のご辛抱でござる」

「うむ」

一行は半蔵の先導によって御斎峠を越え、その夜は柘植の徳永寺に泊まった。五日、加太を越えてようやく伊賀国を出る。その間、二、三度、山中で敵の襲撃があった。姿は見えなかったが、鉄砲の射撃音や怒声、叫びなどが遠くから家康の耳にも届いた。

半蔵の集めた忍びの者が敵と渡り合い、これを退けたようだった。そんなときも、半蔵は家康の傍らにあって無表情に足を進めた。

加太から関、亀山を経由し、伊勢の白子浜に出る。この地の大商人、角屋七郎次郎が大船の手配をつけていた。岡崎から家臣も駆けつけている。いずれも半蔵の手配りだった。

六日、白子浜を出帆、家康は四日振りに落ち着いた気分でゆっくり食事を楽しんだ。蜷の塩辛のみを菜に、船頭が炊いた麦粟飯を三膳もお替わりする。旨かった。なによりの菜は、これまでの生涯で最大とも言える危機を、乗り切ったことだった。

さて、これからどうするか。

家康は穏やかな伊勢湾の海面に目を遊ばせながら、己に呟いた。

信長様はお優しい心をお持ちだった、とふと思う。家康が人質として尾張にいた頃のことが思い出される。

それだけではない。信長との長い関わりの中で、ずっと疑問に思っていたことがある。なぜ、信長は家康に臣従を強いることなく、同盟者として扱ってくれるのか。

長い人質時代を苦しんで来た家康にとって、なにより大事なことは自立独立である。信長はそれを慮（おもんぱか）ってくれたのではないのか。そして、それが信長の優しさだった。

とまれ、その信長の唐突な死によって、一つの時代が終りを告げた。その結果、天下が大きく動いて行くことになる。そして、家康の生涯にも、一区切りがついたことは明らかである。

これからは同盟もない、庇護もない。家康は己一己（いっこ）の力で、領国を維持し、家臣を安堵させてやらねばならなくなった。

そうだった。いつしかおれも四十一になっているのだ。

家康は海面から目を上げ、どこか遥か遠くを見るように目を細めた。

結

元和(げんな)二年（一六一六）の正月二十一日、家康は駿河の田中にいた。その家康を茶屋四郎次郎清次(きよつぐ)が田中城に訪ねて行った。清次は茶屋の初代清延の次男で三代目になる。三十三歳だった。初代に続いて、二代目清忠(きよただ)も若くして亡くなり、清次が弱輩の身で徳川家に伺候するようになった。

家康は早朝から放鷹(ほうよう)を楽しみ、午後早めに引き上げて来た。快い疲れを癒やしていた。小姓は追いやってある。この頃では、出来るだけ小姓は遠ざけることにしている。まだ、日が暮れるには間がある。そこへ、

「ご機嫌、如何でございまするか」

と清次が姿を見せた。

「おお、これはよき話し相手が来てくれたものだ」

と家康は顔を綻ばせる。

小太りで背も低い家康だが、その体がさらに縮まったようだった。背も丸まり、下膨れした顔にも一段と皺が多くなった。太い眉、大きめの目と鼻、厚い唇も、それぞれが形をなさないほど老いが深い。

「少しお背中を擦らせていただきましょう」

清次は家康の背に回って、肩を揉み、背中を撫で擦る。

「いつものことながら、うっとりするほど心地よいぞ」

と家康が言う。

「畏れ入りまする」

家康も七十五歳になっていた。

「骨と皮ばかりじゃろう」

と家康は笑った。

「そうでもありませぬ。まだまだお若いお体でございまする」

「見え透いた世辞を言うものではないぞ。わしは、もう片足を棺桶(かんおけ)に突っ込んでいるようなものだ」

「いいえ、世辞などではありませぬ」

家康はこの体でいまだ天下に睨みを効かせているのだった。その強靭な精神力に清次は驚嘆していた。

清次は物怖じすることなく、思ったことを口にする度胸も矜持も持っている。それが気に入られたのか、家康は清次を身近に仕えさせてくれた。

家康には深い恩義がある。徳川家が必要とする呉服など種々雑多な物品の納入だけではなく、清次は長崎代官補佐役も務めさせてもらった。朱印船貿易の特権も与えられて、莫大な富を得ることも出来た。

それだけではない。清次は機会を捉えて、遠慮することなく、様々なことを家康に尋ねて来た。話が信長や太閤殿下のことに及ぶと、清次は息を殺して聞き入ったものだった。こうして、清次は戦国の世の流れの一端を知ることが出来た。

太閤殿下が亡くなってから、すでに十八年の歳月が流れ去った。家康にとっては多事多難の日月だった。いや、待てよ、と清次は思い直す。家康のこれまでの生涯で、平穏だった時期など一度もなかったのではないか。

今川の人質として育った家康にとっては、お家の自立独立がなによりの大事であった。だから、基本的には同盟はあっても臣従はない。秀吉に臣従せざるを得なかったときは、臣従諸家の筆頭の地位を求めたものだった。

その家康に天下というものが見え始めたのは、秀吉が朝鮮に出兵してからではないか、と父清延は言った。朝鮮出兵が豊臣政権の命取りとなる、と家康の明敏な目には映じたのだ。しかし、家康が天下取りに狂奔したわけではない。

ところが、秀吉亡き後、石田三成が豊臣による中央集権体制を構築しようとした。家康はこれに、否、と頭を振った。その結果が関ヶ原の合戦となったのだった。

慶長五年（一六〇〇）六月十七日、家康は会津征討のため伏見城に入る。伏見城は鳥居元忠が守っている。家康が会津に向かえば、三成が伏見城を攻撃することは火を見るより明らかだった。

家康は不覚にも元忠の前で落涙する。人質時代以来、仕えてくれた譜代の重臣である。家康の三歳年上の六十二歳になる。元忠は笑った。

「殿、それがしが死ぬことに涙されるようでは、とてもこの大戦には勝てませぬぞ」

と叱咤した。

関ヶ原の合戦で三成を斃した家康は、三年後の慶長八年（一六〇三）、征夷大将軍に補任されて、江戸幕府を開く。

二年後、将軍職を秀忠へ譲位し、駿府に隠居して、以後、大御所（おおごしょ）と呼ばれることになった。

将軍職を二年で秀忠に譲ったのは、豊臣家には決して将軍職は巡って来ないことを知らしめるためだった。その後、家康は豊臣家には一大名として残ってもらうことを考えていた。それに豊臣家が反発して、大坂の役（えき）となる。

「頑固な女子（おなご）がいてのう」

と家康は嘆息したものだった。

大坂の役、その最後の決戦の日は元和元年（一六一五）五月七日だった。徳川方の兵力は大坂方の三倍になる。勝敗の行方は徳川方には明らかだった。とはいえ、大坂方の奮闘で、徳川方は攻め倦（あぐ）ねた。

家康は天王寺口に本陣を構えた。真田左衛門佐信繁（さえもんのすけのぶしげ）、通称幸村（ゆきむら）は茶臼山（ちゃうすやま）に陣を構えていた。その幸村が赤備えの真田隊を率いて、家康の本陣に襲い掛かった。流星のごとき陣形で、茶臼山を攻めていた越前隊を突き破って、一直線に本陣目掛けて突き進んで来た。

「真田左衛門佐幸村、見参！」

幸村の名を耳にするだけで、徳川の兵はわけの分からぬ恐怖に取り憑かれる。旗本勢も例外ではない。

家康も確かに幸村の名乗りを耳にした。たちまち、陣幕の外が激しい戦闘の渦に巻き込まれる。旗本の一人が血相を変えて飛び込んで来て、

「ここは危のうございます。お退き下さりませ」

と叫んだ。

「馬鹿者！　なにを狼狽えておる」

と家康は怒鳴り返した。

口取が馬を牽いて来て、小姓の者が左右から家康の手を取って、馬上に乗せ上げる。家康は鞭で近くの小姓を打ち据え、

「わしは逃げぬぞ。手綱を放せ」

と叫んだ。

それからどうなったか、定かな記憶はない。家康は懸命に馬を駆っていた。背後から幸村が追って来る気配である。肝が縮み上がった。四、五町（四、五〇〇メートル）ほど追われた気がする。あわや、と思ったとき、旗本隊が大挙して家康に追いついて、事なきを得たのだった。

それは八か月ほど前のことで、いまだに、真紅の兜に惣赤の具足と陣羽織、面頬を着けた幸村に追われる夢を見ることがある、と家康は笑ったものだった。

肩や背を撫で擦る清次の手があまりに心地よくて、家康は少し微睡んだようだった。はっ、とわれに返って、

「ああ、よい気持だった。もう、よいぞ」

と言った。

「左様でございまするか」

清次は家康の前に回って、

「先日、旨い物を食しました」

と言う。

美味な物には目のない家康である。

「ほう」

と目を輝かせる。

「鯛を榧の油で揚げ、擂り潰した大蒜を掛けて食するのです。近頃、上方で流行っております る」

「そうか。それは旨そうだな。今夜にも試してみたいが、無理だろうな」

「そう仰せになると思うて、大鯛二尾、甘鯛三尾を持参いたしました」

「おお、それは気の利くことだ」

「すでに台盤に料理法を伝えておきましたゆえ、ぜひ、お試し下され」

「嬉しいのう」

その夜、家康は清次に相伴させて、鯛の揚物を喜んで食した。久々に美味な物にありつけたので、つい食べ過ぎたようだった。

その夜更け、急に腹痛に襲われた。痰も切れづらくなり、家康は激しい苦痛に悶えた。医師が応急の手当をしたが、一向によくならない。

二十五日、駿府城に戻る。しかし、病状はよくならない。さすがに食いしん坊の家康も食欲がなくなり、日々、痩せて行くのが己にも分かった。

そんな中、三月十七日、太政大臣に補任される。家康は喜んだが、すでに、死期を悟っていた。

長かった、とふと思う。

駿府城の病牀の間である。胃の辺りが重く、痰が詰まり、体全体に不快感があって、眠ろうにも眠れない。もう春だというのに体が冷え、病室には火桶が幾つも置かれていた。しかし、意識ははっきりしている。

いや、そうではない。あっ、という間の一生だった。つい、数日前、おれは人質として駿府にいたような気がする。不思議なことだ。

死ぬのか。恐ろしいか。

家康の下膨れした顔に穏やかな笑いが浮かぶ。

恐ろしくはない。人は皆死ぬ。お祖父様も父上も、お祖母様も母上も死んだ。信康も死んだ。信長も秀吉も死んだ。忠次はとうに逝ってしまったし、数正は秀吉の許に走って、その後どうなったのか、おれは知らぬ。

しかし、死とは、一体、なんだろうか。

思いはあちらに飛び、こちらに飛んで、一向に纏まりがない。

それにしても、このおれが天下の主になろうとは、夢にも思わなかった。人の世とは奇妙なものだな。

これからは、おれの知らぬ世が始まる。その世は百年、いや、二百年、三百年、戦のない世でなければならぬ。人と人が殺し合うほど愚かなことはない。しかし、人とはそうしたものであるのかも知れぬ。おれ自身もどれほど多くの人を殺して来たことか。

あれはいつ頃のことだったか。おれの目に天下というものが初めてちらつき出したのは――。そうか、朝鮮の役が始まった頃か。朝鮮出兵、あれもまた、人がなす愚かな所業の一つだった。


清次は自責の念に苦しんだ。家康の病を清次のせいにする者など一人もいなかった。しかし、鯛の揚物を勧めたのは清次であり、それがゆえに家康が病の床に着いたのは間違いない事実である。早々に清次は駿府城に見舞に上がったが、家康に会わせてもらえなかった。

城下の旅籠に留まって、しばらく、様子を見ることにした。茶屋の商いの全責任が清次の肩に掛かっているが、商いどころでない。毎日、祈るような思いで城門の前まで赴いて、家康回復の朗報を待った。

不吉なことに、ときおり、家康とのあれこれの思い出が甦って来る。家康が自ら語ってくれた種々も思い出される。

清次は三月まで駿府に留まったが、家康の回復は思わしくない。これ以上、商いを放置して置くことは出来なくなった。止むなく、一旦、京へ戻らざるを得なかった。

四月に入っても、家康の病状は改まらない。病牀に仰臥したまま、いまでは身動きするのも難しい。脳裏には夢か現か分からぬものが去来する。

一日、枕元に大きな影が座っていた。

「半蔵か」

と声を掛けたが、影は無言のままである。

家康は起き上がろうとするが、体が動かない。灯檠の明りに浮かび上がる影は、柿渋色の靄に包まれて、表情も定かでない。

「殿は神になられますのか」

と影が訊く。

揶揄うような響きがある。

「やはり、半蔵だな」

半蔵は、二十年前、五十五歳で亡くなっている。影は答えない。

「そうだ。おれは神になって、この国を鎮守するつもりだ」

四月一日、正信の嫡子正純、臨済宗南禅寺の住持金地院崇伝、天台宗川越喜多院の住持であり、日光山別当の天海の三名を、枕頭に呼び集めて、

「わが遺骸は久能山に納めて神に祀り、葬儀は増上寺で行い、位牌は三河の大樹寺に立てよ。一周忌が過ぎた頃、日光山に小さい堂を建ててわが霊を勧請せよ。われは関八州の鎮守となろう」

と遺言したのだった。

それを聞く三名は、誰一人、涙を流さなかった。見事なほど無表情に聞き終えた。

「信長も神になろうとし、秀吉も神になった。その真似をするのよ」

フフフ、と家康は笑う。

「だが、人が神になれるわけがなかろう」

「それがお分かりの上で、なお、神になりたいのでござるか」

「よいか、半蔵。この国を静謐に保つためには、利用出来るものはなんでも利用すればよいのだ。今後、おれの言が、あることないこと、すべてが遺訓として伝えられることになろう。そのとき、おれが神として役立つなら、役立てればよいではないか」

「――」

「大事なことは、この国の静謐だ。それが続く仕組だけは作っておいたつもりだが、わしの自惚(うぬぼ)れかな」

「どうでござろうか」

家康はいつになく饒舌だった。このように忌憚なく話せる相手をどれほど欲していたことか。正信にも正純にも、腹の底まで曝(さら)け出すことなど出来ようはずがない。亡き半蔵だからこそ、なせることだった。

「それがために、おれはあくどい駆け引きもして来た。評判も悪い。だが、それでよいのだ」

信長を弑逆した光秀にも、おれを討ちたかった三成にも、それは出来なかった。光秀も三成も誠実過ぎる人間だったのだ。それゆえに、大事がなせなかったのではないか。

影はどこか茫洋とした気配で、寝所の一点に体も顔も向けたままである。まるで人型をした柿渋色の靄の塊のようだった。

「それとも、わしは己を慰めておるのかな」

「さあ、分かりませぬ」

声は朧に聞こえる。

「いつもそれだ。肝心なことを訊くと、分からぬ、と答えおる。そのくせ、無言の批判を浴びせよる。それが忍びの狡いところだ」

少時、沈黙があって、

「お寂しいのでござろう」

と影が言う。

「馬鹿を言え。わしが寂しがる、と思うておるのか」

「わが父半三は、隠居して浄閑と号し、わが母と旅に出ました。憶えておられまするか」

「ああ、半三か。憶えておるとも」

「ついに一度も伊賀に戻ることなく、旅の空の下で果てました。遠い昔のことになりますが、その浄閑を思い出すたびに、それがしは心がほのぼのと温められ申す」

　家康は笑った。が、笑声は出ない。

「その方、なにをしにやって来おった」

「お迎えに参上仕り申した」

「そうか。ならば、先導せよ」

「心得申した」

「が、いま、数日は待ってもらわねばならぬ」

「まだ、なさることがおありでござるか」

「その方には分からぬだろうが、あるのだ」

「ならば、改めて参上仕る」

「うむ」

「晴れ上がった空の爽快、霧のしとやかさ、雨の心憎い風情、雷鳴の強靭さ、風の音、樹々の揺れる様、花々の艶（つや）やかさと密（ひそ）やかさ、そうしたものを殿はご存じない。これからは、それがしとともにそういうものに、心遊ばせましょうぞ」

「そうか。忍びは自然を味方にするのじゃったな。分かった。楽しみじゃ」

「では」

不意に、影が雲散霧消する。いかにも半蔵らしい消え方だった。

明りも滅して、家康の視界を漆黒の闇が閉ざす。その闇の中を、千子村正の白刃が跳梁（ちょうりょう）し始めた。一振り、二振り、三振り。数え切れぬほど見て来た夢である。

また、出て来よったか。

家康は瞳を凝らして白刃を見つめる。

しばらくすると、闇の中にもう一振りの太刀が現れた。三池典太（のりひろ）の名刀である。典太刀は自ら鞘走ると、闇を切る村正刀を、がっ、と受け止める。青白い火花が散り、村正刀が撥ね返される。と、村正刀は、すっ、と闇の奥へ溶け込む。そのときには、典太刀は次の村正刀に立ち向かっていた。

家康の窶(やつ)れた顔に幽かな笑みが刷(は)かれる。いかにも満足気な笑いである。

はっ、と家康は目覚めた。快い目覚めだった。

「誰かおらぬか」

と隣室の宿直(とのい)の者に声を掛ける。

「はっ」

襖(ふすま)を開けて、一人が膝行(しっこう)して来る。

「納戸番(なんどばん)の都築(つづき)久太夫に申しつけて、三池典太の佩刀(はいとう)をここへ持って来させろ」

「心得ました」

やがて、都築久太夫が三池典太の太刀を捧げて入って来る。

「久しく遣うてないゆえ、罪人の試し斬りをしてみよ」

と家康は久太夫に命じた。

「畏(かしこ)まりました」

久太夫が典太刀を捧げて後退(あとじさ)りする。

「待て。確かに死罪と決まった者がおらねば、無理に試し斬りすることは罷(まか)りならぬぞ」

「ははっ」

ほどなくして、久太夫が戻って来て、

「まことに切れ味優れた名剣でございまする」

と報告する。

「起こしてくれ」

家康は久太夫に助けられて、臥所の上に身を起こし、典太刀を手に取る。渾身の力を振り絞って鞘を払い、さっ、と空を切った。

二度、三度。

「よい刀じゃ。これをわしの枕元に置け。わが守刀（まもりがたな）としようぞ」

これは、神になるための儀式の一つでもあった。家康は精根尽き果てた思いで、再び、身を横たえた。

二日後の四月十七日、家康は静かに息を引き取る。享年、七十五歳。

翌年、東照大権現（とうしょうだいごんげん）、の神号を授かる。


〈了〉

あとがき

徳川家康という巨大な人物を完璧に理解することなど、誰にも出来ることではありません。家康自身がご自分をどれほど分かっていたか、それも怪しいものです。人が自分を知るということは、知りたいように知ることを意味します。

家康には一つの固定したイメージが出来上がっています。そこで、ある視点を定めて、家康を考え直してみました。その視点とは青春です。すると、固定した家康のイメージとは違う、清新な家康が見えて来ました。少なくとも、私自身については、そう言ってもいいように思われます。

しかし、それが成功したかどうか、それは分かりません。願わくば、そうありたい、と祈るばかりです。

多くの書物の世話になりました。ここに、主なものを列記して、感謝の意を表させていただきます。

令和四年春

嶋津義忠

『徳川実記 第一篇』（新訂増補国史大系第38巻） 吉川弘文館
『改正三河後風土記』桑田忠親監修 宇田川武久校注　秋田書店
『日本の歴史（12）天下一統』林屋辰三郎著　中央公論社
『日本の歴史（13）江戸開府』辻達也著　中央公論社
『徳川家康』北島正元著　中央公論社
『徳川家康のすべて』北島正元編　新人物往来社
『戦国修羅の女』杉田幸三著　毎日新聞社
『忍者の履歴書』戸部新十郎著　朝日新聞社
『徳川家臣団』綱淵謙錠著　講談社
『家康・十六武将』徳永真一郎著　ＰＨＰ研究所
『徳川家康』（歴史群像シリーズ11）　学習研究社
『織田信長』（歴史群像シリーズ戦国セレクション）　学習研究社

著者紹介
嶋津義忠（しまづ・よしただ）
1936年、大阪生まれ。59年、京都大学文学部卒業。産経新聞入社。化学会社代表取締役社長を経て、作家に。
主な著書に、『わが魂、売り申さず』『乱世光芒 小説・石田三成』『幸村 家康を震撼させた男』『上杉鷹山』『明智光秀』『竹中半兵衛と黒田官兵衛』『小説 松平三代記』『柳生三代記』『上杉三代記』『楠木正成と足利尊氏』『信之と幸村』『賤ヶ岳七本槍』『平家武人伝』『「柔道の神様」とよばれた男』『起返の記 宝永富士山大噴火』『北条義時』（以上、ＰＨＰ研究所）、『半蔵の槍』『天駆け地徂く』『甲賀忍者お藍』（以上、講談社）、『半蔵幻視』（小学館）などがある。

本書は、書き下ろし作品です。

ＰＨＰ文庫　若武者 徳川家康

2022年６月16日　第１版第１刷

著　　者　嶋　津　義　忠
発 行 者　永　田　貴　之
発 行 所　株式会社ＰＨＰ研究所
東京本部　〒135-8137　江東区豊洲5-6-52
ＰＨＰ文庫出版部　☎03-3520-9617（編集）
普及部　☎03-3520-9630（販売）
京都本部　〒601-8411　京都市南区西九条北ノ内町11

PHP INTERFACE　https://www.php.co.jp/

組　　版　株式会社PHPエディターズ・グループ
印 刷 所　大日本印刷株式会社
製 本 所　東京美術紙工協業組合

ISBN978-4-569-90221-0

PHP文庫

北条義時

「武士の世」を創った男

嶋津義忠 著

二〇二二年、大河ドラマの主人公、北条義時。伊豆の田舎侍が、幕府の為政者となるまでの成長と葛藤を描く。義時は独裁者？戦を終わらせた英雄？